MAC

ISBN 978-3-947636-11-2
2. Auflage

23769 Fehmarn
www.medien-agentur-czellnik.de

| | |
|---|---|
| Herausgeberinnen: | Elke Rathsfeld<br>Claudia Czellnik |
| Illustration Titel: | Matze Latza<br>www.latzart.de |
| Lektorat: | Elke Rathsfeld |
| Korrektorat: | Marina Reif<br>Bamberg |
| Satz, Layout<br>und Produktion: | Claudia Czellnik |

Die veröffentlichten Texte dieses Buches "Fehmarn hat zu" wurden nach einem Aufruf der Initiatorinnen und Herausgeberinnen Elke Rathsfeld und Claudia Czellnik dem Verlag zur Verfügung gestellt. Jedem Autor wurde völlig freie Hand gelassen und dadurch entstanden Beiträge aus persönlichen Erlebnissen, Eindrücken, Meinungen und Fiktionen.
Der Verlag weist darauf hin, dass nicht der Anspruch besteht, wissenschaftliche Kriterien zu erfüllen.

Medien Agentur Czellnik
– Verlag –

Kurzgeschichten, Krimis, Slam,
Gedichte, Satire und Fiktion
von der "abgeriegelten" Insel Fehmarn

# Inhaltsverzeichnis

# Vorwort

Im März dieses denkwürdigen Jahres 2020 passierte plötzlich, was keiner von uns allen je zuvor erlebt hatte. Grenzen schlossen, Betriebe schlossen, Schulen schlossen, Urlauber fuhren nach Hause, und vor der Brücke stand für viele Wochen eine improvisierte Polizeistation. Manche Insulaner fühlten sich dadurch beschützt, andere wiederum hatten ein mulmiges Gefühl.

Bei einem Strandspaziergang mit den Hunden fragten wir uns, was nun wohl alle so tun würden. Was würden besonders die Schüler und die Lehrer, was würden Eltern und Verwandte tun? Allgemein schienen alle zuerst einmal verblüfft, und auch das schnell einsetzende Homeschooling wurde doch sehr unterschiedlich gehandhabt. So entstand zunächst die Idee, ein Schreibprojekt für Schüler, Lehrer und Eltern auszurufen. Die Resonanz war positiv, denn viele schrieben uns, wie toll sie die Idee finden würden. Und die Resonanz war ernüchternd, denn zum Thema „Fehmarn hat schulfrei" kam exakt ein Text ins elektronische Postkästchen geflattert. Es kamen außerdem zwei weitere Texte, die aber nicht von Fehmarn stammten, sondern dem angrenzenden Festland. Und also mussten wir uns eingestehen, dass wir die Sache mit dem Schreibprojekt für Schüler und Lehrer zwar für eine gute Idee gehalten hatten, aber damit nicht vorankamen. Während die Insel herrlich ruhig uns zu Füßen lag, die Tierwelt sich langsam die leeren Straßen zurückeroberte und die Temperaturen stiegen, beschlossen wir, das Thema zu ändern. Warum sollten nicht alle Insulaner etwas schreiben über ihre ganz persönliche Auszeit während des Lockdowns? Warum gaben wir das Thema nicht einfach frei für alle, die erfinden, fabulieren, berichten wollten?

Als wir dann den Titel in „Fehmarn hat zu" änderten, lief es plötzlich. Es kam Interessantes von der Insel und auch aus der Nachbarschaft.
Jedem Schreiber wurde völlig freie Hand gelassen, und dadurch entstand ein buntes Mosaik aus persönlichen Erlebnissen, Eindrücken, Meinungen und Fiktionen.

Während wir noch lektorierten, konnten im Sommer bei der Veranstaltung BaeltKunst bereits erste Texte unseres Mitmachbuches öffentlich gelesen werden.
Nun, im November, sind wir, wie befürchtet, im zweiten Lockdown, wenn auch „light", und das Büchlein ist fertig. Eigentlich könnte man nun weiter schreiben und weitere Beiträge erbitten. Es soll nun aber erscheinen, greifbar und lesbar für alle sein und wenn Sie, liebe Leserin und lieber Leser, diese Zeilen lesen, dann ist es geschafft und das Mitmachbuch ist gedruckt.

Elke Rathsfeld & Claudia Czellnik

Fehmarn im November 2020

# Fehmarn eben!

Die gesamte Insel scheint wie eine Geisterstadt.
Zuerst ist es besonders und mal anders als sonst,
doch dann hat man es irgendwann satt.

Die Farben der Tage sind trüb und grau,
wie eine dicke Wolke, die Sorgen verbreitet,
und es ist schwer, sie zu verbiegen,
sie lässt sich nicht einfach verschieben.

Doch der Himmel hier oben, trotzdem so schön und so weit
wie eine Hand voll blauer Heiterkeit.
Und eines wissen wir auch in dieser Zeit mit Sicherheit:

Andere sitzen nur dort in ihren engen Wohnungen.
Kaum Platz, kaum Luft zum Atmen,
verdammt zum ewigen Warten,
träumen nur von einem großen Garten,
wissen erst jetzt wirklich, was Freiheit ist
und werden sehnsüchtig von der Welt vermisst.

Kein Strand, kein Meer,
keine angenehm warme Sommerluft
mit dem unverkennbaren Erdbeerduft.

Kein feuerroter Sonnenuntergang
mit den Vögeln und ihrem lieblichen Klang,
kein Spazierengehen auf leeren Stegen
und sandig nassen Strandpromenadenwegen.

Hier auf Fehmarn wissen wir, wie man die Quarantäne
auf angenehme Weise verbringt.

Hier gibt es so viel zu erleben, zu tun und zu machen.
Hier gibt es Freiheit und Weite und immer was zu lachen.
Das Meer direkt vor der Nase.
Maske auf und vorsichtig sein, auf dem Land, am Strand
oder in der Stadt, ganz egal,
nur dass es klappt.

Zwar ist auch bei uns vieles ganz anders, aber auch vieles
ganz gleich.

Das schimmernde Goldbraun der Sonne und Felder,
das saftige Grüne der Wiesen und Wälder,
das nordische Blaue des Meeres und Himmels,
das natürliche Bunte des Klanges des Vogels
und das wollige Weiße der Wolken und Schafe.

So fühlt es sich an, dass Corona einem gar nicht so nah
kommen kann.

Da kann man doch sagen, so lässt es sich leben.
Kurz gesagt: Fehmarn eben.

Slam von
Marisa Störtenbecker

# Kennst Du die Situation?

Man fährt entspannt und nichts ahnend auf der Autobahn, und plötzlich muss man fast eine Vollbremsung tätigen, weil man gerade am Ende eines mächtigen Staus angekommen ist. Eines nicht im Funk angekündigten Staus, weil sich ein Unfall gerade erst ereignet hatte.
Ich denke, jeder Mensch hat das schon mal erlebt, ob als Fahrer oder Beifahrer.
Plötzlich ist die Fahrt zu Ende.
Man kann nicht weiter, man kann aber auch nicht umdrehen, nur abwarten und durchhalten.
Man braucht ein Weilchen, bis man die Situation eingeschätzt und begriffen hat und kann ab jetzt nur warten.
Situationsbedingt ... Fremdbestimmt ...
Man kämpft auch kurz gegen ein schlechtes Gewissen, denn obwohl man emphatisch ist, schießt einem dennoch folgender Gedanke durch den Kopf: „Oh, das passt mir aber GAR nicht in den Kram!"
Und eine andere Stimme im Kopf antwortet blitzschnell:
„Du da, den Betroffenen vorne gehts viel schlechter jetzt als dir, und in deren Leben hat das Schicksal viel mächtiger eingegriffen als in deins..."

Tja, so hat mein Frauchen mir die Öhrchen voll gejammert. So hat sich wohl für sie der Corona „Einmarsch" in ihr Leben angefühlt.
Gestatten Sie - ich bin ein schwarzer Kater, jung und majestätisch, und bei mir wohnt eine Musikerin und Künstlerin.

Ich kann sie ziemlich gut ertragen!
Sie freut sich immer so, meine Futterdosen aufmachen zu dürfen, und natürlich darf sie auch mit ins Bett.
Sie muss viel arbeiten, damit sie mir ein angenehmes Leben bieten kann.
Dafür muss ich aber fast täglich auf mein Frauchen warten.
Ich wünschte mir, sie müsste gar nicht aus dem Haus gehen. Und plötzlich war mein Wunsch fast erfüllt: Das öffentliche Leben war abrupt eingestellt, und somit war auch die Arbeit meines Frauchens stillgelegt. In der ersten Woche fand sie keine Ruhe, fühlte sich überrumpelt und hat kaum zehn Minuten stillgehalten. Ich dachte – wenn das jetzt so bleibt, dann kann sie lieber doch wieder für paar Stunden aus meinem Haus verschwinden und auch gerne den kläffigen Hund mitnehmen, den wir auch noch am Hals haben.
In der zweiten Woche hat sie versucht, die Situation in den Griff zu bekommen. Sie konnte sogar ganz herzlich lachen, als sie mit dem ganzen Kofferraum voller Futter und Katzenstreu nach Hause kam und meinte: „Ich kaufe IMMER so für den ganzen Monat ein und denke an nichts, außer an Bequemlichkeit dabei, aber jetzt könnte ich als Hamster-Käuferin abgestempelt werden!"
Und dann sind ein Auftritt nach dem anderen und ein Auftrag nach dem anderen coronabedingt ausgefallen.
Auch ihre geliebte Orgel in der Kirche durfte sie nicht bespielen, und das zu Ostern! Mein Frauchen hatte richtige Existenzängste und vermisste schmerzlich die Kreativität. Teilweise saß sie still auf der Couch und hat Löcher in die Luft gestarrt, die langsam eine unglaubliche Größe erreichten. Und außer bei zwei Leuten, die ihr besonders wichtig sind, hat sie sich auch streng an die Kontaktsperre gehalten.

Das war meine Sternstunde!
So viel und so lange habe ich noch nie auf ihrem Schoß liegen können!

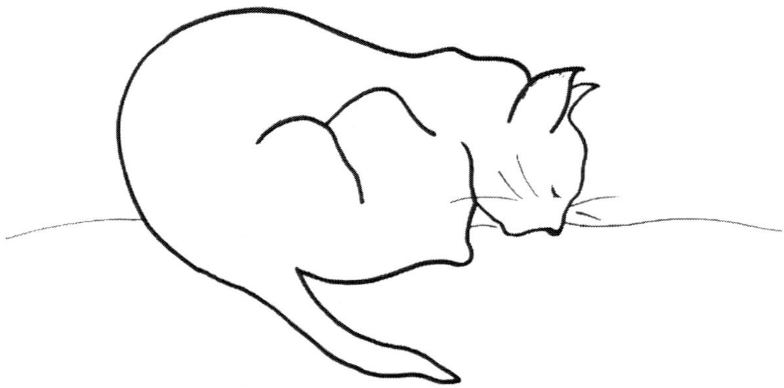

Wenn ich egoistisch wäre, hätte ich mir ihr „Nichtstun" für immer gewünscht.
Aber dann wäre mein Frauchen nicht glücklich, und das hätte ich nicht zulassen können.
Besonders verwirrt war sie, als sie plötzlich nicht nach Fehmarn durfte, was noch vor kurzem eine Selbstverständlichkeit für sie war. Ich habe sie sogar zu ihrem sehr guten Freund und Künstlerkollegen, der auf Fehmarn wohnt, sagen hören: „Das ist ja befremdlich, plötzlich irgendwo nicht sein zu dürfen, wo man sich noch vor kurzem wie zu Hause fühlte und sogar weiß, wo das Nutella-Glas steht."
Eines Tages leitete mein Frauchen ihre angestaute Energie in eine Tat, die sie schon länger geplant, aber nicht umgesetzt hatte. Sie zerlegte mit einer Säge eine Couch, die längst hätte entsorgt werden müssen. Die war so monströs und schwer, dass man sie nicht mal ein kleines Stück bewegen konnte, und so wurde sie in Einzelteile zerlegt, um sie leicht nach draußen zu tragen.
Ich habe mein Frauchen noch nie so gesehen!
Sie sah verdammt zufrieden aus und meinte, der Dornröschen-Schlaf sei zu Ende. Das habe ich nicht ganz verstanden, genauso wie ihre unmögliche Undankbarkeit, als ich ihr aktiv helfen wollte mit der Couch.
Aber es ist nicht schlimm, als Künstlerin darf sie auch mal merkwürdig sein.
Es geht immer nach vorne, das habe ich nun auch als Katze ge-

lernt! Obwohl die Corona-Pandemie noch lange nicht vorbei ist, hat mein Frauchen, wie viele andere Künstler auch, neue kreative Wege eingeschlagen und sieht viel glücklicher aus!
Und auf ihrem Schoß darf ich mich immer noch wie ein riesiger Pfannkuchen ausbreiten.
Sie hat dieses Kapitel mit einem kurzen Gedicht abgeschlossen:

Die Sonne schneit.
Ja, schneit, nicht scheint!
Nicht alles bleibt, wie's früher war.
Mal kommt's, dass auch ein Stummer schreit,
Und weiter geht's ...
Das ist doch wahr.

Ich persönlich habe vom „zu Hause bleiben" profitiert und das auch in allen Zügen genossen!
Nein – das habt ihr jetzt wohl nicht gedacht – das habe ich herbei geschworen, weil ich eine pechschwarze Katze bin???

Polina Abu Saymeh

Zeichnungen: Polina Abu Saymeh

# Schönheiten

Im Garten, ja im Garten
viele Schönheiten auf uns warten.
Wenn ich dort ruhig wandere,
erscheint mir eine hübscher als die andere:
Die Blumenblüte
in all' ihrer farbigen, berauschenden Pracht,
eine Szenerie, die mir so herzlich entgegenlacht,
mich so richtig glücklich macht!

Der leise Wind lässt sie freundlich grüßend nicken,
zu des Betrachters großem Entzücken.
Eine jede hat ihr eigenes, meist strahlendes Gesicht,
von auffallend, protzend, bis hin zu eher schlicht.

Kann mich nicht entscheiden,
welche ich wohl mag besonders leiden.
Mein Blick fällt auf einen blauen Enzian,
eine Blüte, in seltenem Gewand:
Sie soll es sein - für eine Weile mein!
Möchte sie gern pflücken, brauch' mich nur zu bücken:
Doch es strauchelt meine Hand.

Im Garten, ja im Garten,
mögen auch weiterhin solche Schönheiten auf uns warten.

Ingrid Witt

# Osterspaziergang

Der Himmel Fehmarns, uns übergestülpt wie eine riesige Käseglocke im noch etwas blassen Azurblau eines Frühlingstages. In diesem mächtigen, gewölbten Raum breitet sich Stille aus, Innehalten einfordernd – hier und jetzt hält alles den Atem an.
Nichts stört die makellose Himmelsbläue hoch oben, kein sonst so geschäftiges, silbrig glänzendes Flugzeug, eilige Kondensstreifen hinterlassend. Und auch hier unten – es scheint an diesem Tag ein Wagnis zu sein, so wenige Fahrzeuge oder Fußgänger unterbrechen die allgegenwärtige Stille.
Aber es gibt auch Dinge, die jetzt mehr hervortreten: auf nahezu unberührt scheinenden Deichen das leuchtende Grün, durchbrochen von ungewöhnlich großen und farbigen Inseln aus Frühlingsblumen, unversehrt von den Spuren der in diesem Jahr ausbleibenden Osterspaziergänger.
Und auch die Tiere: sie erobern sich einen Teil ihres Lebensraums in diesen stillen Tagen zurück, der ihnen sonst durch unser allgegenwärtig Sein und unsere Geschäftigkeit beschnitten wird. Wo sonst eine Kette von Spaziergängern und Radfahrern die Deichkrone säumt, watscheln und schnattern Gänse. Graureiher quittieren unsere Gegenwart mit scheuem Auffliegen, mit elegantem Flügelschlag den sicheren Abstand wahrend. Kaninchen ducken sich mümmelnd im Grün oder schlagen Haken.
Während wir staunend und zugleich vorsichtig als einsames Spaziergängerpaar diese so veränderte Landschaft wahrnehmen, unseren Weg suchend, als ob wir verspätet an unsere Plätze in einem Konzertsaal gelangen wollten – das Bedürfnis, diese dargebotene Komposition nur ja nicht zu stören.
Am Ende eines ausgedehnten Spaziergangs steigen wir in unser Auto, in uns ruhend und versammelt, wie es nur selten geschieht – es war ein Tag, der noch lange in uns nachklingen wird.

Stephan von Brandis

# Alleine auf Fehmarn?

Meine Fahrt geht rasant vom Hafen Orth über Petersdorf und Landkirchen bis zur Europastraße 47. Ich fahre schnell, es ist ja auch nichts los, die paar Menschen sind in ihren Häusern oder Wohnungen. Wir erleben gerade den ersten Lockdown in der Corona-Pandemie. Auf der Insel dürfen nur die Menschen sein, die hier gemeldet sind. Trotz des Notfalls, der mich zum Rasen veranlasst, geht mir durch den Kopf, dass am 16. März 2020 vor dem Einwohnermeldeamt in Burg auf Fehmarn ein unerwarteter Ansturm von Zweitwohnungsbesitzern herrschte, die ihren Status ändern wollten, um Fehmarn nicht verlassen zu müssen.
Aber das ist mir jetzt vollkommen egal. Ich muss runter von der Insel. Ich nehme die Auffahrt zur E 47, der Vogelfluglinie.

Auf dem ganzen Weg ist mir kein Auto begegnet, und auch auf der sonst vielbefahrenen Bundesstraße bin ich mutterseelenallein. Mich gruselt es. Ist noch etwas Schlimmeres passiert? Gab es einen Giftgasalarm? Oder einen altmodischen Bombenalarm? Hat das neue Corona-Virus schon alle Insulaner dahingerafft? Habe ich als einzige überlebt? Oder wurden alle Menschen auf einen anderen Planeten entführt? Landet gleich ein Ufo, um auch mich einzukassieren? Das kann doch nicht sein, dass ich ganz alleine auf der Insel bin. Mir ist unheimlich zumute. Ich habe gerade die Burger Altstadt vor meinem geistigen Auge, auch hier komme ich mir vor, als hätten wir eine Apokalypse erlebt. Kein Mensch weit und breit, ein, zwei Autos parken dort, wo sich sonst die Blechlawinen ergießen. So sehr wir in der Saison in unserem Urlaubsparadies über die Menschenmassen staunen, diese Stille und Leere gibt mir ein ausgesprochen mulmiges Gefühl.

Die Fehmarnsundbrücke erhebt sich vor mir, lässt mich zwischen ihren Bögen durchfahren. Zum Glück steht sie da wie immer. Es wäre nicht auszudenken, wenn sie gesprengt worden wäre, um die Insel konsequent abzuriegeln. Dann wären wir gefangen auf dem schönen Eiland. Wir kämen hier nicht weg. Die Sundfähren sind längst verschrottet, einen anderen Weg nach Süden auf das Festland gibt es nicht.

Ich bekomme es mit der Angst zu tun, wie wird es auf dem Festland aussehen? Gibt es da noch Menschen? Hinter mir wimmert es. Ach meine süße Trixi, merkst du als wachsame Hündin auch, dass alles anders ist? Und wir müssen die Insel verlassen, weil du dich im Reet hinter dem Deich verletzt hast. Wir fahren jetzt zum Tier-Notdienst nach Heiligenhafen, damit deine Pfote behandelt werden kann, du Tapfere. Stell dir vor, wir beide wären die letzten Lebewesen auf dieser Welt, dann gingen wir auf der Autobahn Gassi – wie in einem Weltuntergangsfilm. Das möchte ich nicht mal in einem schlechten Traum erleben, wo wir doch auf der Insel so schöne Strände haben.

Ich sehe Gestalten! Neongelb gekleidete Menschen mit deutlich sichtbaren weißen Mund-Nasen-Schutz-Masken im Gesicht stehen auf der anderen Fahrbahnseite Richtung Fehmarn an einer imposanten provisorischen Polizeistation. Da kommt wirklich keiner auf die Insel, ohne sich auszuweisen. Mein Weg ist allerdings frei. Gut, dann fahre ich mal ungehindert in die große weite Welt zum Hundedoktor. Und auf die Insel werden Sie uns ganz bestimmt fahren lassen, denn ich wohne doch dort. Und wenn nicht?

Claudia Czellnik

# Sperrzone Spielplatz

Überforderte Erwachsene und Kinder auf unserem Spielplatz in Corona-Zeiten!
Mein Haus liegt gegenüber von einem Spielplatz in einem Dorf mit ungefähr tausend Einwohnern.
Kurz nach dem Beginn des ersten Lockdowns im Frühjahr 2020:

*Situation 1*

Ich beobachte, wie ein Vater sich mit seinem Kind auf dem eigentlich gesperrten Platz amüsiert. Ich denke: 'Okay, weit und breit ist niemand zu sehen. Also, was soll's.' Doch was ist, wenn andere Kinder aus ihren Häusern heraus dieses Treiben beobachten? Und eigentlich gäbe es in unserem Dorf ausreichend Gelegenheit für Auslauf. Außerdem hätte der Vater vielleicht doch die Möglichkeit, an den Strand zu fahren.

*Situation 2*

Eine Großmutter geht mit ihrer Enkelin auf den Spielplatz und schaut die ganze Zeit verunsichert zu mir, die in ihrem Vorgarten arbeitet, hinüber. Und sie guckt nach rechts und links und immer wieder zu mir. Ich erlöse sie aus ihrer Situation, indem ich sie anspreche. Sie zeigt sich erleichtert, dass sie mit mir reden kann. Ob sie denn auf den Platz dürfe, es sei doch niemand da. Nein, antworte ich, aber ich sei nicht vom Ordnungsamt. Es entwickelt sich ein längeres, intensives Gespräch, das mir zeigt, dass diese Frau überfordert ist – wie viele von uns – in den Corona-Zeiten.

*Situation 3*

Ein Pulk von acht Kindern im Vorschulalter erscheint. Sie staunen über das weiß-rote Flatterband und entdecken ein Schild. Ein etwas größeres, ungefähr sechs Jahre altes Kind liest das dort

Geschriebene laut vor. Die Kleinen fragen nach: "Wieso denn das? Hier sind doch keine anderen Kinder." Die Große erklärt und erklärt. Von einem blöden Virus ist die Rede, der uns krank machen kann. "Was ist das denn - ein Virus?" "Das ist irgend so'n kleines Ding, das man nicht sehen kann und das einfach in unseren Körper kommt."
Die Kleinen haben verstanden: sie dürfen nicht auf den Spielplatz. Sie alle halten brav die Regeln ein, setzen sich vor dem Spielplatz in das Gras und stecken ihre Köpfe zusammen – so wie immer!

Elke Andresen

## Die Pandemie machte es möglich

Nur eine Amsel flötete ihr Abendlied, als Chris und Nina es sich auf ihrer Terrasse gemütlich machten. „Möchtest du den Grauburgunder oder lieber ein Glas Silvaner?“, fragte Chris. „Ist mir egal, ich mag beide gern. Schenk mir ein Glas ein von der Flasche, die schon offen ist, bitte.“

„Man darf es ja nicht laut sagen, weil viele um ihre Existenz fürchten und verzweifelt sind. Aber ich finde es toll, von zu Hause aus zu arbeiten.“ Chris schwieg und nahm einen Schluck aus seinem Glas. „Ja,“ meinte Nina lächelnd, „geht´s uns gut? Oder geht´s uns erstaunlich gut?“

„Pst“, flüsterte Chris, „das ist wie mit dem Segelwind. Man darf nicht laut darüber reden, sonst verschwindet die willkommene Brise, ich meine natürlich die günstige Situation.“

Und da war es auch schon so weit. Chris rief plötzlich mit Stentorstimme: „Hört auf, euch zu zanken! Mama und ich wollen mal eine Stunde Ruhe haben.“ „Bergis lässt mich nicht hopsen“, maulte Hanna. „Die ist doch noch viel zu leicht mit ihren fünf Jahren“, antwortete ihr großer Bruder. Die Mama schaltete sich ein: „Na und? Du warst auch mal klein und leichter. Zeig Hanna lieber, wie man auf dem Trampolin hüpfen und Purzelbäume machen kann“, schlug sie vor.

„Okay!“ Bergis stellte sich an den Rand und feuerte seine kleine Schwester an. „Los, Hanna. Knie hochziehen, wenn Du hoch springst und mit den Füßen fest aufstampfen, wenn du wieder unten bist. Du wirst merken, du fliegst viel höher.“

Bergis war schon fast zehn und trainierte zweimal pro Woche Fußball. Kein Wunder, dass seine kleine Schwester ihm nicht das Wasser reichen konnte. Endlich Frieden.

„Lass uns darauf anstoßen, dass die beiden sich eine halbe Stunde vertragen.“ Nina hob ihr Glas.

„Eine Woche Lockdown wegen Covid-19 – und wir haben unser Leben gut organisiert“, freute sich Chris. „Findest du nicht auch?“

„Jaja! Ich will nicht angeben, aber die ganze Hausarbeit, dazu

Bergis' Unterricht und Hannas Beschäftigung habe ich fast allein gemeistert", betonte Nina.

„Richtig, aber umsonst bist du ja nicht Sonderschullehrerin geworden, oder? Und du musst zugeben, dass ich fast die gesamte Gartenarbeit erledige, das ist bei der Größe unseres Grundstücks auch nicht wenig."

„Du bist der Beste", stellte Nina fest und gab ihm einen Kuss.

„Duuu, Nina?!" Chris zögerte mit seiner Ansage. „Ich habe eine Idee!"

Vor den Ideen ihres Mannes hatte Nina großen Respekt. Letztes Mal war es der Mähroboter, den er sogar vom Büro aus programmieren konnte, eine nicht gerade billige Anschaffung. Und dieses Mal?

„Wir holen uns einen Hund." „Mal so eben?" Nina schaute ihn ungläubig an.

„Schatz, du kennst mich doch. Natürlich habe ich vorher die Fachliteratur gelesen, Züchter besucht – und voilà – ein Australian Shepherd ist dabei herausgekommen."

„Australian Shepherd? Sind das nicht die Hunde, welche den Border Collies ähnlich sehen?" „Genau die, nur etwas breiter und robuster."

„Ich wage ja kaum, Freude zu empfinden, aber – ehrlich – ich bin begeistert. Ein Hund, ein Welpe? Super! Und was hast du den Kindern gesagt?" „Gar nichts", erwiderte Chris. "Die nerven uns sonst die ganze Nacht. Morgen nach dem Frühstück ist zeitig genug."

„Wie bitte? Morgen willst du schon los? Bist du sicher, Chris, dass du dir das gründlich überlegt hast?"

„Ja, habe ich. Schau doch mal, Nina! Viele Menschen haben wegen Covid-19 die Arschkarte gezogen. Besonders schlecht sind gerade diejenigen dran, welche den Mut hatten, ein eigenes kleines Unternehmen zu gründen wie zum Beispiel eine Modeboutique, ein kleines Café oder eine Praxis für Physiotherapie.

Wir dagegen haben richtig Glück gehabt. Homeoffice ohne tausend Telefonanrufe – herrlich! Ich habe meine Akten in der Hälf-

te der Zeit geschafft – und bin noch laufen gewesen."
„Mir geht es ähnlich", gab Nina zu.
„Siehst du? Genau der richtige Zeitpunkt, um einen jungen Hund einzugewöhnen und zu erziehen in den kommenden Wochen. Und unsere Kinder gleich mit", fügte Chris mit ernster Miene hinzu, musste dann aber lachen. „Zwecklos, nicht?"
„Wo sitzt denn dieser Züchter?", wollte Nina wissen. „Züchterin!", verbesserte Chris. „Wohnen tut sie in einem kleinen Dorf in der Nähe von Wismar. Und – Nina, es muss morgen sein, denn Mecklenburg-Vorpommern überlegt, seine Grenzen für andere Bundesländer zu schließen. Dort gibt bisher nämlich wenige Fälle von Covid-19. Wer weiß, ob übermorgen nicht schon alles dicht ist."
„Hat sie dir denn ein Foto geschickt von dem Wurf?", wollte seine Ehefrau wissen. „Hat sie – per mail. Komm, ich zeig' es dir."
„Wie süß! Aber alle Hundebabys sind süß, sogar die potthässlichen Möpse. Okay, du hast mich zwar völlig überfahren, aber ich freue mich riesig. Wieviel soll der Welpe denn kosten – und – soll es ein Junge oder ein Mädchen sein?"
„Ich dachte: ein Junge", entgegnete Chris. „Und der Preis?" Nina ließ nicht locker. Ihr Mann antwortete zögerlich: „1050 Euro, aber da ist schon eine gründliche Untersuchung vom Tierarzt enthalten."
„Trotzdem ganz schön teuer, wenn ich so an die Folgekosten denke. Was soll´s? Zu zweit können wir das hinkriegen, hoffentlich auch die Arbeit, die mit einem so kleinen Kerl verbunden ist", lenkte Nina ein.
Chris schlief kaum in der nächsten Nacht. War sein Entschluss richtig, war er falsch? Die Zukunft würde es zeigen. Bergis und Hanna konnten sich kaum beruhigen vor Freude, als die Eltern den beiden beim Frühstück verrieten, was sie gemeinsam vorhatten.
„Abräumen helfen, die Zimmer gut aufräumen, damit der kleine Kerl nicht aus Versehen ein Playmobilteil verschluckt, kaum dass er hier ist", befahl die Mutter.

Ausnahmsweise gehorchten die Geschwister. Zwanzig Minuten später saßen die Vier im Auto und fuhren von Lüneburg nach Wismar.
„Wann sind wir endlich da?“, nervte Hanna schon nach einer halben Stunde. „Hör auf zu jammern! Schau lieber nach der Lindenallee, von der die Züchterin gesprochen hat", bat Chris seine Tochter. "Die führt nämlich zu ihrem Dorf. Sie hat gesagt, die Bäume seien so hoch und dicht, dass man sich wie in einer Kirche vorkäme. Danach soll ein leerstehender maroder Kuhstall folgen, dann sollen die ersten Häuser erscheinen.“
„Da sehe ich die Lindenallee“, rief Bergis aufgeregt.

Chris schwieg. Dauernd ging ihm durch den Kopf, was ihn wohl erwarten würde bei der Züchterin. Der gesamte Wurf war schon im Voraus verkauft worden, und nur noch ein Rückläufer war übrig. Die ersten Häuser ließen nichts Gutes erahnen. Nina hatte zumindest eine Villa erwartet, in der eine so edle Hunderasse gezüchtet wurde. Stattdessen sah das Dorf so aus, als wäre es unbewohnt. Vernachlässigt, ungepflegt, die kleinen Vorgärten hoch mit Unkraut bewachsen, – oh weh, oh weh!
Hanna drängelte sich vor und klingelte bei Nummer 23. Die Tür ging auf. Nina und Chris schauten sich erschrocken an. Eine Frau undefinierbaren Alters in schmuddeligen Kleidern und mit ungewaschenen Haaren öffnete ihnen die Tür.
„Ihr seid also die Familie, die unseren Rückläufer kaufen will?“, fragte sie. „Kommt rein in die Stube!“, bat sie freundlich. Sie räumte ein paar alte Zeitschriften weg. „Hier ist Platz. Setzt euch doch!“
„Nee, nicht nötig“, beeilte Chris sich zu antworten. "Wir haben die ganze Zeit gesessen bis hierher." Derweil schaute er ungläubig auf die Unordnung und den Schmutz ringsum. Wenn der Welpe dies überlebt hatte, war er mit Sicherheit immun gegen alle möglichen Krankheiten.
‚Was ist ein Rückläufer?“, wollte Bergis wissen. „Das ist ein Welpe“, antwortete die Züchterin, „der nicht in die Familie gepasst

hat oder einer in der Familie nicht zu ihm."
In dem Moment kam der Überlebensstratege in das Zimmer gewackelt, mit einem kleinen Teddy in der Schnauze. „Seht ihr", erklärte sie, "den Teddy hat ihm der Junge geschenkt zum Abschied und dabei geweint." „Warum haben sie ihn denn zurückgegeben?", fragte Hanna. „Traurig waren alle drei, aber der Papa bekam Asthmaanfälle durch die Hundehaare, es ging einfach nicht."
Bergis und Hanna knieten schon auf dem Boden und streichelten den Welpen, der beglückt mit seiner Mini-Rute wedelte und vor Freude einen kleinen See auf dem Fußboden pieselte. „Jetzt wisst ihr, wieso überall Zeitungen herumliegen, oder?" Die Züchterin lächelte.
„Nun aber zum Geschäft: Wollt ihr ihn haben?" „Den nehmen wir doch mit, Mama, Papa?" Zwei Augenpaare schauten die Eltern an.
„Na klar." Nina setzte sich zu den Kindern. Chris erledigte rasch das Geschäftliche. Fünf Minuten später waren sie auf dem Rückweg. Und wo lag der Hund? Natürlich zwischen den Geschwistern auf der Rückbank. Verwöhnen fängt genau so an!

Eineinhalb Monate später:
Die Familie hatte sich auf den Namen „Kalle" geeinigt. Der kleine Kerl hatte sich rasch eingewöhnt und wurde von allen geliebt. Er wusste genau, wer seine „Herde" anführte und wer eher mal gezwickt wurde von ihm. Die kleine Hanna, meinte er, sei ihm zuweilen untergeordnet. Er konnte es nicht ausstehen, wenn sie auf ihrem Fahrrad „seine Herde" anführte und ihnen allen einige Meter voraus radelte. Dann bellte er und jaulte so lange, bis sie sich wieder zurückfallen ließ.
Gewachsen war er auch ein ganzes Stück. Frech wie Oskar hielt er die Familie in Schach. Nur Chris, der erste in der Rangordnung, hatte es fertig gebracht, ihn mit viel Geduld und „Leckerlies" ein wenig zu erziehen. Wenn Kalle gut drauf war, gehorchte er auf: "hier", "komm", "sitz", "nimm" und "bleib". Nina hatte es

zwar schwerer, doch Kalle war so erpicht auf die Leckerbissen, dass er die meisten ihrer Befehle befolgte.
Heute nun, an einem der ersten Sommertage, sollte es in den Wald gehen. Weit war der Weg nicht, nur um die Ecke in die Stichstraße, links abbiegen auf den Pfad und nach weiteren zwei Minuten fühlte man den kühlen Schatten der Buchen und Eichen, die seit Jahrzehnten, manche seit Jahrhunderten, dort wuchsen. Man hörte schon den Bach plätschern, der ein paar Meter weiter unter der kleinen Steinbrücke floss. Kalle stellte die Ohren hoch. So ein ungeregeltes und doch gleichmäßiges Geräusch kannte er noch nicht.
Ein kleiner Nebenfluss der Ilmenau wand sich hier um Büsche und alte Bäume und bildete unter der Brücke einen kleinen Teich. Die Ufer zum Bach hinunter waren zwar nicht hoch, aber steil und rutschig.
Das störte Hanna wenig. Im Nu war sie ausgezogen, Badeanzug an, rutschte die Kante runter und rein ins Badevergnügen. Das gefiel dem kleinen Hund gar nicht. Ein „Schaf" seiner Herde war ausgebüchst und entzog sich seinem Beschützerinstinkt? Er lief aufgeregt oben entlang, bellte und jaulte. Jetzt sprang auch Bergis ins Wasser und schwamm mit schnellen Zügen auf die andere Seite.
Das war zu viel für Kalle. Er wusste ja nicht, dass Australian Shepherds sehr gut schwimmen können, überwand aber seine Angst und sprang mit einem Satz hinterher ins Wasser. Man kann sich gut in den kleinen Kerl hineinversetzen und sich vorstellen, wie erstaunt er war über die eigene Fähigkeit, mit dem Element Wasser so gut klarzukommen.
Wieso konnte er bloß nicht näher an Bergis oder Hanna heranpaddeln, so sehr er sich auch anstrengte? Da ertönte auch schon die besorgte Stimme von Chris: „Hanna, Bergis, schwimmt sofort auf diese Seite. Kalle ist zu leicht, der treibt ab. Schaut mal, der ist schon fast unter der Brücke durch. Mama und ich fischen ihn drüben aus dem Wasser."
Geschafft! Chris ließ den Welpen auf die Erde gleiten, und Nina

schimpfte laut: „Doch nicht alles auf meine neue weiße Hose schütteln, du kleiner Lump!“ Zu spät. Man sah deutlich an Ninas Hose, dass der Bach nicht nur klares Wasser mit sich führte.
Es ist inzwischen August geworden und die Corona-Pandemie hat uns immer noch alle im Griff. Dennoch gibt es positive Entwicklungen wie zum Beispiel die, dass der Herdenhund Kalle mit Freuden seine "Schäfchen" Hanna und Bergis in die Ostsee begleitet und beschützend um sie herumpaddelt, zur Not auch über eine Stunde lang!

Barbara Brock

# Das kleine Corona

Das Coronavirus ist schon sehr bekannt auf der Welt, aber wir wissen noch gar nichts über sein wahres Gesicht. Alle Coronen leben an einer kleinen Figur, außer ein kleines, gerade erst erzeugtes Corona. Dieses kleine Corona fühlt sich sehr einsam, sein ganzes, kurzes Leben schon. Das kleine Corona lebt nämlich an einem verlassenen Bach. Dorthin verirrt sich eigentlich niemals ein Menschlein, doch eines windigen Tages kommt ein sehr alter und großer Mann zum Bach. Er berührt einen dicken Ast, an dem das kleine Corona gemütlich sitzt, um eine Libelle beim Tanzen zu beobachten. Das kleine Corona fühlt ein leichtes Kribbeln, als es von seiner Hand direkt in seine Nasenlöcher geschleudert wird.

„Geschafft! Nicht mehr alleine!“, denkt das kleine Corona. Der alte Mann geht zum Lesewettbewerb und steckt dort viele Leute mit seinem Corona an. Nanu, und jetzt?

Eine Woche später: Der alte Mann weiß nun, dass er Corona hat und muss in die langweilige Quarantäne.

Der leichte Husten nervt ihn, er kann seine Freunde nicht mehr treffen und fühlt sich jetzt einsam. Er beschließt, das Corona-Virus in die unendlichen Weiten des Weltalls zu schießen, mit seiner neuen Erfindung, die er sich in seiner Einsamkeit zusammengebaut hat. Mit seinem Weltraumcoronenkatapult gelingt ihm schließlich der große Wurf. Mit einem lauten Knall schleudert er die Coronen in den Himmel. Dort angekommen, fühlen sich die Coronen sofort heimisch. Sie bauen sich ein neues Lager, in dem sie sich wohlfühlen, während sich auf der Erde die Menschen wieder herzlich umarmen können. Der alte Mann macht sich sofort auf den Weg, um seinen Sohn zu besuchen, mit einem großen Geschenkekorb im Gepäck. So lässt es sich doch gut leben!

Amrei Fock 10 ½ Jahre

# Hintertüren

Tagelang haben wir auf Station die Nachrichten verfolgt und diskutiert. Marta und Jens haben dann Beifall geklatscht, als die Nachricht von der Inselschließung kam. „Warum freut ihr euch darüber?“, wollte Pit wissen. Pit ist sowieso ein total netter und feiner Herr. Er zog es vor, hier im Sonnenstift zu wohnen, anstatt bei seiner verwöhnten Tochter im feinen Hamburg, die sich mit dem Doktortitel ihres Mannes ansprechen lässt. Er war Zollinspektor in Puttgarden gewesen und hat so manchen Schmuggler und Autodieb in Handschellen gelegt.
Marta meinte, es könnten nun keine Fremden mehr irgendetwas einschleppen, und sie würde sich einfach sicherer fühlen, wenn die Polizei auf die Insel aufpasse. Ich konnte da nur den Kopf schütteln und sah, wie Pit sich Augen rollend mit seinem Rollator abwandte.
Einige Tage später hatten wir erst so recht verstanden, wie unnormal unser ohnehin merkwürdiger Alltag im Seniorenheim geworden war. Ich muss zugeben, dass ich am Tag meines Einzugs hier, vor drei Jahren, kreuzunglücklich war. Mein guter Hein war verstorben, das Haus für mich alleine zu groß, die Kinder in Paris, meine Beine zu nichts mehr zu gebrauchen, und ja, mein Kopf ist auch nicht mehr so ganz gut sortiert. Das sagt jedenfalls mein Hausarzt, seitdem ich ihm einmal von den Elfen am Niobe erzählt habe und von ihren Höhlen, die der Doc für Kaninchenbauten hält. Ich wollte ihm das genauer erklären, aber er schob mir ein Rezept für Pillen rüber, das ich sogleich vor seiner Praxis zum Anzünden meiner Zigarette benutzt habe. Nein, ich wollte nie meine Zigaretten mit Geldscheinen anzünden, die habe ich lieber dem Tierschutz gespendet, und als Lehrerin für Deutsch und Religion habe ich so etwas nie gutheißen können.

Nun, ich will nicht abschweifen, sondern nur darauf hinweisen, wie schrecklich ich den Umzug ins Seniorenheim fand. Diese Blicke, die plötzlich auf mir ruhten, wenn ich als die Neue in den Speisesaal kam, waren mir unbehaglich. Auch das Essen war na-

türlich nicht halb so gut wie mein selbst Gekochtes, und einige Helferinnen blickten streng wie Aufseherinnen und nicht wie liebe Pflegerinnen. Dass meine Freiheit dahin sein würde, hatte ich vorher gewusst. Aber es war so eine Art Wissen, als wenn man erklärt bekommt, dass Himbeerchili-Likör süß und scharf schmeckt, man aber das Gefühl im Mund nie selbst gekostet hat. Nach meinem Einzug wusste ich, wie sich das Leben im Seniorenstift anfühlt, und es war leider nicht wie Himbeerchili-Likör. Der säuselnde Ton der jungen Helferinnen, die sabbernden Alten, der Gestank nach Urin und das Gezeter der Dementen. Nein, so schlimm hatte ich es mir nicht vorgestellt, aber ich bin schon immer hart im Nehmen gewesen, und also habe ich die letzten drei Jahre hier dann doch ganz gut überstanden. Paul, der frühere Hotelportier, seine naive, aber lustige Frau Emma und der Zöllner Pit haben möglich gemacht, dass ich mich nun doch zu Hause fühlte. Bis der Lockdown kam. Da fühlte ich mich wie im Gefängnis und bekam Atemnot.
Im Fernsehen sprach man das Gleiche wie hier im Sonnenstift. Man müsse die Risikogruppen und die Alten schützen, und ja in den Altenheimen sei es ja ganz besonders schlimm mit den Todesfällen. Anfangs musste ich hysterisch lachen bei diesem Gerede junger Journalisten, aber zunehmend wurde ich wirklich wütend. Einmal, Schwester Hiltrud hatte mir gerade mit Engelsgeduld wieder zu erklären versucht, warum ich das Haus nicht verlassen dürfe, habe ich vor Wut einen Blumentopf aus dem Fenster geworfen. Es hat mir nichts außer einer Beruhigungsspritze von Dr. Kohler eingebracht, und Pit hat mich immerhin am nächsten Tag besucht und mir erklärt, dass ich fast den Postboten getroffen hätte mit dem Geranientopf. Ich wollte mich sofort bei dem Postboten entschuldigen, aber Schwester Hiltrud lächelte vermeintlich verständnisvoll, während sie ihre gezupften Augenbrauen hob. „Nicoletta, Sie haben Sizilien vor 75 Jahren als Kind verlassen und können immer noch Wutanfälle haben wie damals. Und bitte verstehen Sie: Während der Pandemie dürfen Sie nur im Notfall das Sonnenstift verlassen. Also etwa, wenn Sie dringend zum Arzt müssen.“

Oder wenn ich zum Bestatter muss, dachte ich ärgerlich, biss mir aber auf die Lippen. Mit Pit konnte ich abends den Tag Revue passieren lassen bei einer guten Flasche Rotwein, die ich mir regelmäßig in Kartons von meinem Sohn aus Paris schicken ließ. Er tut es bis heute gerne und beruhigt damit sein schlechtes Gewissen, weil er nur einmal im Jahr für ein paar Tage auf die Insel kommt.
Es hatte sich so eingebürgert, dass Paul, Emma, Pit und ich uns abends auf einer unserer Stuben trafen und Canasta spielten, einen Film schauten oder an ganz ausgelassenen Abenden auch mal gemeinsam ein paar Shantys sangen.
Beim Mittagessen im großen Saal gab es nun oft Streit an unserem großen Tisch. Wir alle sind die Gruppe der Selberesser, das bedeutet, keiner benötigt Assistenz und keiner muss gefüttert werden. Kolja, der Mathelehrer, schimpfte über die Zahlenspielereien in den Nachrichten, Gisela, die Zahnarzthelferin, schimpfte mit Kolja, weil er nicht mal ahne, wie gefährlich Tröpfcheninfektionen seien. Gerda hingegen schlug die Augen zum Himmel und fand nun endlich den Beweis für Gottes Strafe in der Pandemie, während der alte Hein sie dann an die Brust fasste und laut gröhlte, er wolle unbedingt nochmal sündigen. Emma lächelte in die Runde, und wir alle ahnten, dass sie uns überhaupt nicht folgen konnte, während Paul ihr Wasser nachgoss und zischend Kolja einen Besserwisser nannte. Pit schaute meist aus dem Fenster, und anfangs hielt ich ihn für taub.

Es war in der ersten Aprilwoche, als Schwester Hiltrud mit strahlendem Lächeln von neuen Corona-Schutzmaßnahmen zu sprechen begann. Als sie fertig war mit ihrer Ansprache, war ich stumm vor Schreck, und Pit kniff mich zaghaft in den Arm, weil er vermutlich dachte, ich kippe gleich um. „Stimmt das?“, fragte ich ihn fassungslos. „Wir dürfen unsere Zimmer nicht mehr verlassen? Ich rufe die Polizei, ich will meinen Anwalt sprechen, wo ist mein Sohn? Ich lasse mich nicht einsperren, und im Gegensatz zu den Elfen habe ich Corona nie gesehen!“ Ich habe plötzlich so sehr Angst bekommen, dass mir die Tränen gelaufen

sind und ich zu zittern begann. Pit hat mir in strengem Ton zugeraunzt, ich sollte still sein, damit sie nicht wieder den Dr. Kohler anrufen. Das hat gewirkt, und ich habe tief durchgeatmet und bin auf mein Zimmer gegangen.
Dort in meinem Zimmer fiel mir erst ein, dass ich gar nicht wusste, wie ich zu Pit, Paul und Emma Kontakt halten konnte. Immerhin durften wir einander nicht besuchen, so wie bisher, und wir hatten natürlich nicht die Telefonnummern voneinander. Abends skypte ich mit meinem Sohn in Paris, der sogleich ein paar von diesen Laptops für meine Freunde schicken wollte, damit wir auch skypen können. Ich fand das wirklich süß von ihm, und trotzdem musste ich laut lachen: „Du meinst, wir finden uns im weltweiten Netz mit Namen, Nummern, Pseudonymen und auf welcher der 195.347 Plattformen denn? Und dann sprechen wir durch Bildschirme miteinander, obwohl wir keine 20 Meter zwischen unseren Appartements haben?“ Ich zeigte ihm einen Vogel und klappte den Laptop zu, nahm ein paar Seiten von meinem Briefpapier und schrieb Pit, Paul und Emma ein paar Zeilen. Valentina, die junge Praktikantin, war so nett und spielte den Postillon für uns, was ich ganz bezaubernd fand. Mit dem Schreiben und Lesen von jeweils drei Briefen täglich gingen die Tage für uns ganz gut rum, und wir merkten, um wieviel inniger und tiefer unser Austausch wurde. Natürlich hatten wir in den Tagen des Schreibens auch überlegt, wie wir uns im weltweiten Netz treffen könnten, wenn die Laptopspende meines Sohnes eintreffen würde, und so saßen wir dann schon kurz nach Ostern an den Bildschirmen und hielten Online-Meetings ab, bei denen wir uns endlich – wenn auch zweidimensional – wiedersehen konnten. Abendlich trafen wir uns vor den Bildschirmen, plauderten, schimpften und lachten. Emma meinte, sie hätte sich als junges Mädchen abends aus dem Fenster an dem Blumengitter abgeseilt, um heimlich ihre Freunde zu treffen. Bedauerlich, dass dies unsere Knochen nicht mehr hergeben. Paul war kurz nach dem Krieg über die vereiste Ostsee gekommen, und Pit erzählte uns Räubergeschichten von Schmugglern. Seufzend gingen wir ins Bett und sehnten uns nach Beweglichkeit und Jugend.

Einige Tage später war es ausgerechnet unser braver, pensionierter Zöllner, der uns grimmig darauf hinwies, dass wir ja selbst schuld an der Einsperrung seien, denn schließlich wären wir ja gehorsam. Wir verstanden erst nicht, was er meinte, aber so langsam gingen uns die Lichtlein auf. Tatsächlich durften wir unsere Zimmer nicht verlassen, die allerdings waren ja aus Sicherheitsgründen überhaupt nicht abgeschlossen. Emmas Augen leuchteten plötzlich, und sie machte mit den Fingern ihrer rechten Hand eine Pistole, mit der sie auf den Bildschirm zeigte. „Ich könnte also in eure Zimmer kommen und euch unter Androhung von Gewalt einfach entführen", kicherte sie.

Ihr Mann Paul zuckte hinter ihrem Rücken die Schultern und lachte. „Wir kommen aber nicht aus dem Haus", erinnerte ich sie an die verschlossenen Haustüren. Da runzelte Pit die Stirn und schaute uns durch seine Laptopkamera streng in die Augen. „Ich habe ja Kripo gelernt, ich weiß, wie man mit Schlössern umgeht." Wir hatten etwas Mühe, ihn zu stoppen in seinen Flucht- und Türknackerfantasien, und es war die schlichte Seele Emma, die uns den entscheidenden Hinweis gab. Der liebe Enno, der früher Fischer war, lag im Erdgeschoss in einem schönen Zimmer mit Terrasse nach draußen. Und vor allem war der liebe Enno ein absoluter Frischluftfanatiker, der an jedem Tag des Jahres bei gekippter Terrassentür schlafen musste. Das Beste aber war, dass der liebe Enno stocktaub war und einen gesunden Schlaf hatte.

Wir klügelten einen Plan aus, wie wir uns nächtens von Ennos Terrasse wegschleichen würden. Es war uns allen vieren klar, dass nur das Meer unsere Seelen retten konnte, und ja ... ich wollte auch unbedingt die Elfen sehen und spüren. Pit grinste beim Pläneschmieden in die Kamera seines neuen Laptops. Er kam ganz nah heran, nahm sich die Brille ab und strich sich über seinen grauen Schnauzbart. „Es gibt einen Taxifahrer auf der Insel, der mir noch einen wirklich großen Gefallen schuldet und der sich nichts mehr wünscht, als dass ich den entweder erbitte oder halt vorher ins Gras beiße." Vergnügt lachte er, und seine blauen Augen funkelten wie die Ostsee im März.

Als wir unseren ersten nächtlichen Ausbruch mit Hilfe von Ennos Terrassentür und dem kooperativen Taxifahrer starteten, waren wir so aufgeregt, dass wir kurz vor einem gemeinschaftlichen Herzinfarkt standen. Aber Paul legte Emma seine Hand auf ihre Schulter, und Pit machte es ihm beherzt mit meiner Schulter nach. Ich genoss das Gefühl, das ich so viele Jahre nicht mehr gespürt hatte und kuschelte mich im Taxi einfach weiter an ihn. Anstandshalber zitterte ich ein bisschen, damit er es für Angst hielt. Aber es war reines Wohlbehagen. Bei dieser ersten Fahrt stiegen wir mitten in der Nacht um zwei Uhr bei silbrigem Vollmond aus dem Taxi und atmeten tief die milde Frühlingsluft ein. Wir gingen langsam zum Meer und waren so ergriffen, dass keiner von uns ein Wort zu sagen vermochte. Schweigend genossen wir die Schönheit, die sich uns zeigte, und ich schwöre bei meinem Leben, dass aus einer kleinen Höhle zwei Elfen vorwitzig hervorlugten. Ich wollte gerade Pit auf die beiden aufmerksam machen, als die zwei Elfen ihre Köpfchen schüttelten und die kleinen Finger vor die Münder hielten. Also ließ ich es und seufzte einfach ein bisschen. Pit hat das missverstanden, zum Glück, und gleich meine Hand in seine genommen. Das haben wir dann einfach so beibehalten bei unseren nächtlichen Ausflügen. Ja, klar, wir konnten nicht genug davon bekommen und wollten doch auch Fortuna nicht reizen. Darum haben wir das nur alle drei Wochen gemacht, bis die Insel endlich wieder öffnete.
Es hat sich vieles normalisiert, und auch die Urlauber sind in großen Scharen gekommen. Wir haben unsere Ausflüge dann einmal die Woche und zu unterschiedlichen Tageszeiten gemacht. Aber am schönsten ist es doch nachts dort draußen.
Nun, im späten Herbst, ist alles wieder zu. Aber seitdem wir die Hintertür haben, musste Doktor Kohler keine Beruhigungsspritzen mehr verabreichen, und Pit und ich können wieder abendlich zusammensitzen und bei einem guten Glas Wein den Tag Revue passieren lassen. Und wir halten uns bei den Händen dabei.

Elke Rathsfeld

# Haben Sie Ihren Schnutenpulli dabei?

So viel Zeit ist ins Land gegangen, seit das Virus als Dauergast in unser Leben eingezogen ist. Es sind erst ein paar Monate, aber schon eine gefühlte Ewigkeit, und wir ahnen, dass uns diese Plage noch lange begleiten wird. Es hat sich viel verändert, und manches auch nicht. Wir haben ein paar neue Rituale in unser Leben eingebaut, falls wir die aktuelle Lage respektieren. Alles was früher höflich war, ist es heute nicht mehr. Wir begrüßen uns nicht mehr mit dem nordischen Handschlag, dafür halten mir sogar liebenswerte Wegbegleiter den Ellenbogen zum Gruß hin, die sich immer vor dem Händeschütteln gedrückt haben. Ich favorisiere den Aloha Gruß mit einem Handschweif, ganz ohne Berührung, denn ich finde es auch nicht nett, meine unter Umständen vollgehustete Armbeuge hinzustrecken. Überhaupt habe ich mich wochenlang daran gewöhnen müssen, mir in den Ärmel zu schnäuzen, wenn es pressiert. Jetzt habe ich immer Papiertaschentücher in meiner Hosentasche.
Und in meiner Hosentasche habe ich auch einen Mund-Nasen-Schutz, sowie in meiner Jackentasche, in meiner Handtasche, in meinem Auto, im Büro. Auch hier bin ich etwas pingelig. Meine neuen passiven Begleiter werden in kleinen Plastikbeuteln aufbewahrt und transportiert, denn nichts finde ich blöder, als mich mit einem solchen Schutz zu bedecken, um andere und mich vor einer Virenattacke zu schützen, diesen aber dann locker gefasst mit dem Handy oder dem Portemonnaie durch die Gegend zu tragen. Sozusagen als Bazillen- und Virensammler, den ich mir dann reich bestückt ins Gesicht hänge.

Gestaunt habe ich auch, als ich mit Iris auf dem beliebten Kunsthandwerkermarkt "Herbstzeit" unterwegs war, der in diesem Jahr wegen der Corona-Pandemie in der Alten Schule Petersdorf stattfand.
Iris wollte erst nicht in das großräumige Gebäude und nur draußen die Stände betrachten. Naja, deswegen war ich aber nicht

hergekommen. Und so viel Angst habe ich nicht vor dem Virus, denn Abstand halten war ja geboten, und im Gebäude achtete der Veranstalter vorbildlich auf die Einhaltung des Corona-Hygienekonzeptes. Es wurde nur eine begrenzte Anzahl von Menschen hineingelassen, also war genügend Platz zum Ausweichen. Sie ließ sich überzeugen, und wir sind dann interessiert an den Ständen mit den kunsthandwerklichen Darbietungen vorbei geschlendert. Natürlich gab es auch einen Stand mit „Schnutenpullis". Iris war am Stöbern, nehme ich den oder den? Sie entschied sich und marschierte zu einem Spiegel und setzte die schicke neue Mund-Nasen-Maske auf. Ich war baff. So viel Angst vor dem Virus in der Raumluft, und jetzt das begrabbelte, ungewaschene und auf keinen Fall sterile Modell auf die zu schützenden Stellen im Gesicht platziert!

*Unser neues Modeaccessoire*

Als sich die Mode wandelte – das passiert ja in von der Modeindustrie gesteuerten Zyklen, jetzt aber global kraft eines Virus –, waren fleißige Näher und Näherinnen gefragt. Die Pflicht zum Tragen der partiellen Gesichtsbedeckung im Frühling 2020 wurde nicht so früh verkündet, wie es der Situation angemessen gewesen wäre. Der Grund mag tatsächlich gewesen sein, dass keine zu kriegen waren, weder aus China noch sonst woher. Und in Heimarbeit wurde eine Mikroindustrie überaus aktiv und produzierte selbstgenähte „Maultäschle" in allen möglichen Designs und Formen. Unternehmen, die normalerweise Banner im Riesenformat drucken, schwenkten ganz schnell um und boten ihre Materialien in den gefragten Miniaturformaten konfektioniert an. Gut so, denn die Kunden aus Handel und Unterhaltungsbranche brachen lockdownbedingt weg. Unternehmen müssen jetzt flexibel sein.

Heute gehört die „Virenbinde" zu unserem täglichen Leben. Das wird auch noch ein Weilchen so bleiben, also kann sich die Bran-

che weiterentwickeln. Ich bin immer froh, das gute Stück wieder von der Nase zu bekommen, allerdings hauptsächlich deswegen, weil mir als Brillenträgerin der Durchblick beim klimatischen Wechsel von draußen nach drinnen verloren geht. Das nervt. Das Maskentragen nervt mich weniger, wohl wissend, dass in vielen Berufen das Tragen von diesen Schutzen während der ganzen Schicht zwingend vorgeschrieben ist. Da geht es uns doch gut, wenn wir nur in Geschäften, Praxen, Friseursalons und so weiter Teile unseres Gesichtes bedecken müssen.
Praktisch finde ich, dass keiner meine Miene erkennen kann, das hat wirklich Vorteile. Allerdings ist es mir schon beim Friseur passiert, dass ich von einer sitzenden Dame mit der gebotenen Gesichtsmaske begrüßt wurde, wir nett schwatzten, ich sie mit Vornamen ansprach – und als sie aufstand, merkte ich, dass mein vermeintliches Erkennen der Augen nicht zum Gesamtkonzept passte ... und ich leider nicht auf den falschen Vornamen hingewiesen wurde. Sie hat mich auch nicht erkannt!

Die neue Mund-Nasen-Schutz-Branche bietet in der Regel praktische Modelle in verschiedenen Stoffdesigns an, wer sich da nicht entscheiden kann, nimmt einfach die hellblaue Rollo-Optik-Version. Wirklich kreative Modelle kommen jedoch aus der Bevölkerung. Einer hat in der Not seine hoffentlich frisch gewaschene Unterhose umfunktioniert. Andere haben ihre Sturmhaube aus der Schublade geholt, obwohl das schon zu viel des Guten ist. Auto fahren mit dem „Schnutenpulli“ war erst nicht erlaubt, wurde dann doch freigegeben, mit dem Hinweis, dass das zusätzliche Tragen von Basecap und Sonnenbrille dann doch als nicht zulässige Vermummung im Straßenverkehr gilt.

*Mal was anderes!*

Beim Einkaufen habe ich eine ganz besondere Ausführung entdeckt, im Gesicht eines wohlbeleibten Herrn im besten Alter. Das Ding sah so klein aus, das Gesicht so groß. Ein echter Hingucker.

Wir kamen darüber ins Gespräch, in dem er offenbarte, dass er eigentlich aus Prinzip keine Masken tragen wolle – und kaufen schon gar nicht. Sein beruflicher Alltag finde nur in der frischen Luft statt, ich kann ihn verstehen. Und was trägt er im Gesicht? Eine Schlafmaske.

*Auch an der frischen Luft Maske tragen?*

Unsere Feriengäste auf der Insel Fehmarn hatten wirklich Glück, dass sie sich auf der in diesem Jahr mehr als knallvollen Insel outdoor frei und im Gesicht unbedeckt bewegen konnten, oder besser gesagt durften. Im Sommer 2020 wurde das Tragen eines „Goschnhalters" rund um den Marktplatz nicht verordnet, aber da hätte es durchaus Sinn gemacht. Es drängelten sich die Touristen in den Gassen der attraktiven Burger Altstadt, sich aus dem Wege zu gehen war kaum möglich. Hier wäre konsequenterweise das Tragen des neuen Accessoires mehr als angebracht gewesen.
Die Corona-Pandemie ist täglich ein Grund zum Diskutieren, es gibt viele Meinungen dazu. Aber in allem sind sich die Fehmaraner einig: die Pflicht des Tragens einer Mund-Nasen-Bedeckung im zweiten Lockdown (light) ab dem 2. November 2020 freilandig auf der Insel ist totaler Quatsch. Wir sind wieder ziemlich unter uns, aber wir müssen nun im Ortskern von Burg, in den Häfen, auf den Promenaden unsere „Schnutenpullis" tragen. Touristen ist es verboten, sich auf der Insel aufzuhalten, Restaurants und Beherbungsbetriebe sind geschlossen – also nix los auf dem Eiland. Und wir winken uns freundlich entgegen, denn auch, wenn wir die Person mit der Gesichtsbedeckung und der winterlichen Mütze nicht erkennen, kann es jetzt nur ein Insulaner sein.

Claudia Czellnik

# Sonnenuntergänge

Liebe Oma Lene,
ich bin's, deine Fenja.

Hier ist es kalt. Und es regnet. Aber die Seeluft ist toll. Sie würde Dir auch gefallen. Ich habe einen Platz gefunden, an dem Du mit dem Rollstuhl richtig nah ans Wasser fahren könntest. Du könntest deine Füße in den Sand halten. Natürlich nur, wenn Du das magst, denn die Muschelscherben piken ein bisschen.

Mama hat es mir dann erzählt, dass Du ins Krankenhaus gekommen bist. Es war nichts Schlimmes, hat sie gesagt. Und ich habe ein Bild für Dich gemalt, wie Du in Deinem Rollstuhl neben mir hier auf dem Deich sitzt, und wie wir beide zusammen der Sonne zuschauen, wie sie da hinten im Meer untergeht. Eigentlich ging die Sonne in den vergangenen Tagen nicht im Meer unter. Sie verschwand hinter den Wolken über dem Meer. Sie ist plötzlich früher weg, als man es will, und mir wird dann immer kalt.

Du bist auch früher weg gewesen, als ich wollte. Es war nichts Schlimmes, haben sie gesagt. Aber Du bist trotzdem daran gestorben, weil sie nicht wussten, was sie dagegen tun können. Wir haben Dich nicht besuchen können. Weil wir so weit weg von Dir wohnen, hier auf Fehmarn. Und wir hätten Dich auch nicht besuchen dürfen.
Ich habe jeden Tag mit Dir am Handy gesprochen. Ich habe Dich mit ans Meer genommen. Zu diesem Platz. Zu diesem Strand. Und ich habe mich immer gefreut, wenn Du auf meinem Display warst.

Du bist hier geboren, Oma Lene. Du gehörst zu Fehmarn. Es ist nicht gut, dass Du so weit weg gezogen bist damals, wegen Karl und wegen seiner Arbeit. Du hast uns immer gefehlt. Und es war immer schön, wenn Du hier, in Deinem Zuhause, in dem wir nun ohne Dich leben, zu Besuch gewesen bist. Es war in diesen Wochen immer Dein Haus. Du hast so viel Liebe und Wärme mitgebracht. Das hat immer so lange gereicht, bis Du wieder gekommen bist das nächste Mal.

Und wir haben gewusst, wie bei der Sonne: Immer, wenn sie geht, kommt sie auch wieder. Auch bei Dir haben wir das immer gewusst.
Aber Du bist nicht mehr so oft gekommen. Irgendwann nicht mehr. Du hattest nicht mehr die Kraft für die langen Reisen. Und Mama und Papa konnten in der Saison nicht von der Insel weg. Also haben wir Dich immer im Winter besucht, zu Deinem Geburtstag.

Im Februar haben wir Deinen 75. Festtag gefeiert. Es waren nicht viele Menschen da. Es war schön, in diesem Wohnheim. Mit Kerzen. Mit Geschenken. Onkel Fiete hat sogar sein Akkordeon von der Insel mitgebracht, und wir haben alle das Fehmarn-Lied gesungen. Und dann hast Du ein bisschen geweint.

Danach habe ich Dich nie mehr wirklich gesehen. Nur im Handy. Im März kam Corona. Papa und Mama konnten nicht arbeiten, weil keine Touristen auf Fehmarn erlaubt waren. Und im März kam auch der Anruf, dass Du ins Krankenhaus gebracht worden bist. Aber wir sind nicht zu Dir gefahren.

Niemand durfte zu Dir. Und Du durftest nicht raus. Eine Krankenschwester hatte ein Handy, und manchmal hat sie mit Dir zusammen bei mir angerufen. Dann haben wir uns gesehen. Es ging Dir nicht gut, Oma Lene. Aber wir haben gelächelt und gesagt, dass alles gut werden wird. Die Ärzte haben Dir das ja auch gesagt. Die Ärzte und Schwestern waren versteckt hinter weißen und grünen Anzügen und Masken, wie beim Zahnarzt.

Und immer, wie bei der Sonne, wenn sie untergeht, und ich sie gerne mit Dir gemeinsam verabschieden möchte, habe ich mich gefreut. Weil ich wusste: Es wird einen neuen Tag geben und einen neuen Anruf.

Aber an dem einen Tag kam der Anruf nicht auf meinem Handy, sondern auf dem von Mama. Mama war sehr still. Dann war sie sehr traurig. Und das ist sie jetzt auch immer noch.

Oma Lene, Du bist an dieser neuen Krankheit gestorben. Diese Krankheit hat gemacht, dass ich nicht bei Dir sein konnte, als es Dir schlecht ging. Ich konnte nicht bei Dir sein, als ich Deinen Trost brauchte. Und ich konnte nicht bei Dir sein, als Du einsam beerdigt wurdest.

Ich habe das Schiff gesehen. Von unserem Platz auf dem Deich aus, Oma. Von dort, wo Dein Rollstuhl stehen sollte, mit Dir drin. Mit Deinen Füßen neben meinen Füßen im Sand. Es hat lange getutet, und Papa und Mama haben mich in den Arm genommen und gesagt, dass Deine Asche jetzt dem Meer übergeben wird. Und dass es Dein Wunsch war, wieder nach Hause zu kommen.

Oma Lene, Mama kann mich nicht so trösten wie Du. Papa kann das auch nicht. Ich habe Dir ein Bild gemalt von dem Schiff. Und zusammen mit diesem Brief stecke ich es für Dich jetzt in eine Flasche und werfe sie ins Meer.

An Deinem Strand. Auf Deiner Insel. Mit nur meinen beiden Füßen im Sand.

Fenja

Eckhard Kretschmer

# Testament

Dieser Text ist mein Testament,
ich hoffe sehr, dass es dir gefällt.
Dunkelheit kann sein selbst im hellsten Sonnenschein.
Todesangst, ich laufe auf Leichen,
nichts kann mich erschrecken,
ich habe nichts zu beichten.

Nichts kann mich beeindrucken, weder Geld noch Brot.
Denn viel zu tief stecke ich in der Not.
Ich liebe dich, Mama,
du bist die Heilung dieser Welt.
Du bist der Stamm,
der die ganze Familie zusammenhält.

Bader Abu Saymeh

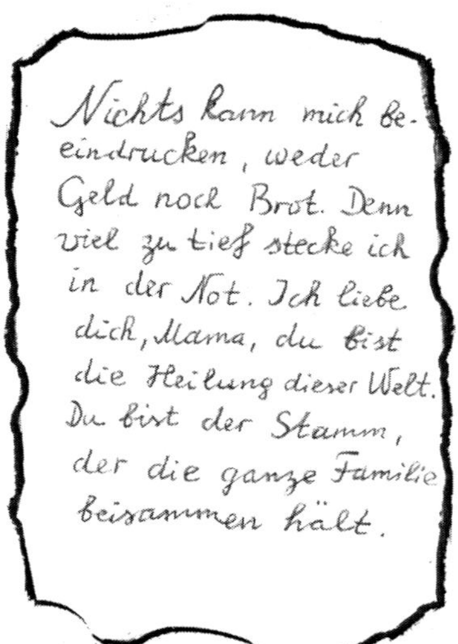

# Fraktale einer Ethik in Corona-Zeiten

Mein Herz hat Falten und sabbert. Die Rede ist von Gwenny, einem Bordeauxdoggen-Mädchen, das fast zwölf Jahre alt wurde. Normalerweise werden Bordeauxdoggen nicht so alt, etwa acht bis zehn Jahre, heißt es.

Doch bei meiner Hündin war es anders. Sie hat sich vermutlich sehr wohl gefühlt und ist ein bisschen länger geblieben. Na ja, irgendwann muss dann ja auch mal Schluss sein.

So ein Leben mit einem Hund bringt viele Einschränkungen mit sich. Ich dachte immer, wenn mein Hund mal nicht mehr ist, dann genieße ich meine Freiheit. Mein Traum war es, dann nach Cuba zu fliegen und Salsa zu tanzen (ja Cuba – nicht Malle).

Ich wollte dem Alltag und der Trauer entfliehen, mal aus der Reihe tanzen. Doch dann kam alles ganz anders als gedacht. Ausgerechnet inmitten der Pandemie, kurz nach dem Lockdown, war es geschehen. Und dann gräbt man ein Loch und ist allein. Alles ist geschlossen, keine Chance auf Ablenkung.

In solchen Fällen ist es gut, wenn man Kinder hat. Meine Tochter beschloss zu kommen. Gut, dass Angehörige ersten Grades noch auf die Insel gelassen werden, dachte ich. Nur zur Pflege, erklärte mir der freundliche Polizeibeamte am Telefon. „Wie - nur zur Pflege? – Darf meine Tochter mich nicht einfach besuchen?“ – „Nein“, lautete die kurze Antwort.

Allein ging es irgendwie auch nicht. Ich fuhr nach Oldenburg und holte eine gute Freundin. Vor der Brücke war natürlich eine Polizeikontrolle. Wir mussten unsere Ausweise zeigen und schnell wurde klar, dass Oldenburg nicht auf Fehmarn liegt.

Ich erklärte der Polizistin, dass ich gerade meinen Hund beerdigt habe und gern etwas menschliche Gesellschaft hätte. Sie lächelte verständnisvoll, doch ihre Kollegin warf ein, dass es nun mal gegen die Vorschriften verstoßen würde, wenn jemand, der nicht seinen ersten Wohnsitz auf Fehmarn hat, auf die Insel gelassen würde. Und Vorschriften sind ja nun mal Vorschriften, deshalb seien sie ja da.

Zum Glück wusste die erste Polizistin, wie sich das anfühlt, weil sie auch schon drei Hunde beerdigt hatte. Sie meinte, morgen sei sie nicht mehr da, aber heute würde sie eine Ausnahme machen. So konnte ich jemandem zeigen, wo mein Hund begraben liegt und war nicht mehr allein.
Das Pandemiegeschehen auf Fehmarn blieb dadurch unbeeinträchtigt.
„Über Ethik kann man nicht reden, sie ist immer implizit zwischen den Zeilen oder im Verhalten", Heinz von Förster lässt grüßen.

Frank Pleiser

Zeichnung: Polina Abu Saymeh

# Ich wünscht‘

Ich wünscht‘, ich wär‘ ein Luftballon
und ließe mich vom Winde lenken.
Mir PLATZT ja sowieso der Kopf,
so müsste ich nicht selber denken.

Ich wäre gern ein Luftballon
und ließe mich vom Winde treiben.
DIE LUFT IST RAUS - das passt sogar,
dann kann ich auch mal stecken bleiben.

Ach, nein. Wie wäre es mit Papagei?
Langlebig, bunt und mit dem Schnabel klappern?
Dann wäre, ach du dickes Ei,
mein Schicksal: alles schön brav nachzuplappern!

Die Katze, Katze muss ich sein!
Und mit den langen Krallen protzen!
Dann müsste ich sogar im Ernst
und nicht nur in Gedanken kotzen.

Ach was... Moment... wie ein Parfüm
zu sein - das würd' ich sicher lieben!
Ungreifbar, sanft und dennoch da.
Doch auch leider schnell verfliegen.

Mein Gott, was bliebe mir denn noch?
Für ein Moment das „Ich" sein lassen?
Kurz wie ein Drache Feuer speien?
Und dann als Märchenbild verblassen?

Mir bleibt nur eins: ein Clown zu sein.
Und bieten tausend lust'ge Sachen.
Und hoffen, dass am End' es gibt
auch für mich selbst genug zum Lachen.

Polina Abu Saymeh

# Hühner sind auch nur Menschen

Schlaftrunken öffnete Berta an einem frühen Morgen im Mai ihre kugelrunden Augen und sah sich zufrieden in der Hühner-WG um. Sie war der berühmte frühe Vogel, der zuerst das Körnchen fand, das von gestern noch übrig war. Lange hatte sie nach einem Körnchen Wahrheit gesucht, von dem sie einmal die Menschen hat reden hören. Sie fand immer nur Weizen, aber der war wahrlich lecker. Als sie die Hühner-WG verließ und im Garten herumpickte, sah sie plötzlich Hannes. Ganz entgegen der üblichen Weise war Hannes ein Langschläferhahn, der keinesfalls vor acht Uhr dreißig auch nur ein kleinstes Kikkerikiii von sich gab.
„Hannes, du schon auf?", entfuhr es ihr erschrocken, und sie erschrak noch mehr, als sie in seine müden Augen blickte. „Hannes, was ist los? Geht es dir nicht gut? Du bist so blass um den Schnabel?" Hannes schwankte ein bisschen und holte tief Luft. „Ich weiß nicht, irgendwie fühle ich mich schwach und möchte eigentlich immer nur schlafen, kann es aber nicht."
Berta ging zu ihm und prüfte sein Gefieder, seine Krallen und seinen Stand. Sie bekam Angst, dass etwas ganz gewaltig nicht in Ordnung war. Gackernd lief sie wieder in die Hühnerwohnstube und scheuchte alle aus den Federn. „Aufstehen, ihr faules Federvieh", rief sie in Panik und ignorierte das gereizte Gurren der anderen Hennen. „Los los, raus aus den Federn. Lisa, du musst rüber zur Bäuerin fliegen und auf dich aufmerksam machen, damit sie schnell kommt".
Lisa plusterte sich auf „Wieso iiiiiich? Spinnst Du?" Berta pickte schon nach ihr, um ihr auf die Beine zu helfen. „Hannes geht es schlecht. Die Bäuerin muss kommen und was machen."
Lisa verdrehte die Augen. „Du weißt, Berta, dass die jetzt alle seit Wochen ebenso hier eingesperrt sind wie wir, wegen irgendeiner Pandemie. Irgendwas wie Vogelgrippe, nur für Menschen. Die schlafen alle noch, und ich hätte auch nichts gegen ein bisschen Schlaf". Dann aber fiel der Groschen bei Lisa und sie riss die Augen auf. „Hannes geht's schlecht? Hat er den Hasen wieder das Futter weggenascht? Oder hatte er eine Meinungsverschieden-

heit mit dem Meerschwein? Hat er Blut verloren?“
Während Lisa also aufstand, erzählte ihr Berta, wie klapprig und schlapp Hannes war. Auch die anderen Hennen wurden langsam wach und schüttelten ihr Gefieder. „Los mach schon, Lisa“, murrte Palma. „Flieg doch selbst“, maulte Lisa, und Berta schüttelte genervt den Kopf. Palma machte ihr Gefieder hübsch und murmelte erbost in sich hinein, denn Fliegen war nicht so ihr Ding. Also gab Lisa ihrem Hühnerherz einen Schubs und flog über den Zaun in den Garten der Bäuerin. Sie landete elegant und punktgenau vor der Terrassentür, was natürlich wieder keiner gesehen hatte.
Die Katze Miou lag hinter der Terrassentür im warmen Wohnzimmer und fauchte durchs Fenster. Wie wild begann Lisa zu gackern und schlug ihren Schnabel gegen die Terrassentür. Es dauerte nicht lange, da kam murrend die Bäuerin im Pyjama angepirscht. „Verfressenes Federvieh! Es ist viel zu früh, ja, fast mitten in der Nacht!“, moserte sie, griff dennoch in alter Gewohnheit das Hühnerfutter und kam nach draußen, bevor sie die fauchende Miou ins Hundekörbchen zur weißen Hündin Fee gescheucht hatte. Lisa gab alles, schraubte Pirouetten in die Luft, gackerte, krähte und schlug einen Salto in der Luft. Die Bäuerin rieb sich verwundert die Augen und ahnte, dass irgendetwas nicht stimmte. „Lisa, geht’s dir gut? Hast Du etwa die gegorenen Beeren erwischt gestern? Bist du betrunken, Lisa? Hast du etwa einen Kater?“ Lisa schüttelte sich bei dem Gedanken, betrunken mit einem Kater etwas angefangen zu haben und zweifelte wie so oft am menschlichen Verstand.
Am Hühnergarten angekommen, flog Lisa über den Zaun ins Gehege, während die Bäuerin durch das Gatter ging, denn Menschen können nicht mal fliegen. Die Bäuerin begann sogleich das Futter zu verteilen, als sie plötzlich Hannes sah und stutzte. „Hannes mein Hähnchen, mein alter Haremswächter. Was ist denn mit dir los?“ Sie hatte sofort erkannt, dass der apathisch sitzende Hahn in keinem guten Zustand war. Sie setzte sich in den Hühnerhof und nahm Hannes auf den Schoss, der sich das, anders als sonst, gleichgültig gefallen ließ. Sie schaute in seine

Augen, prüfte sein Gefieder und die Haut. Dann seufzte sie tief und ging wieder ins Haus, von wo sie gekochte Nudeln und die geheimnisvolle Vitaminpaste mitbrachte. Hannes wollte auch das nicht, aber behutsam flößte sie ihm etwas davon ein. In der Zwischenzeit waren die beiden Nachwuchshühnchen Hanni und Nanni auch aufgetaucht und sahen mit Berta, Lisa und Palma aus sicherer Entfernung zu, wie Hannes die Leckereien angewidert annahm. Dann schaute die Bäuerin in die Runde und flüsterte: „Ihr müsst jetzt alle stark sein und besonders lieb zu Hannes. Und du Hannes, werde wieder stark, bitte, damit ich über dein kleines Kikkerikii wieder lachen kann." Dabei lief ihr ein Tröpfchen Wasser aus dem Auge, und die Hühner-WG hatte gelernt, dass dies kein gutes Zeichen war, denn normalerweise lachte die Bäuerin und scherzte.
Tagsüber taten die Hennen so, als sei alles normal und verhielten sich, als sei nichts. Sie stritten um das Futter, ärgerten die Meerschweinchen und scharrten am Boden, während sie verstohlen zu Hannes blickten. Der saß herum, döste und kuschelte sich an Wilhelm, den deutschen Riesen. Wilhelm wiederum wunderte sich. Da er aber das Gemüt eines in sich ruhenden Zen-Mönchs hatte, ließ er Hannes gewähren und genoss es auch ein bisschen.
Abends gingen alle bedrückt schlafen, und auch Hannes schleppte sich mit Mühe ins Hühnerhaus. Ein leises "Kikerikiiii" weckte die Hühnerschar morgens schon um vier Uhr. Berta fluchte, weil sie nicht die erste draußen gewesen war, und Lisa schlug erfreut mit den Flügeln, weil Hannes offenbar wieder in Ordnung war. Palma machte Gefiederpflege, die alte Susi schnarchte, und Hanni und Nanni kitzelten sie mit einem kleinen Strohhalm. Als die Hühnerdamen schnell das Nachtlager verließen und der Reihe nach die Leiter in den Hof herab liefen, stellten sie fest, dass Hannes etwas gefressen hatte und ein wenig mit seinen Flügeln schlug. Doch ach, ihre Freude währte nicht lange, und schon am späten Vormittag versank Hannes erneut in Apathie. Mittags kamen die Kinder Maite und Matthis ins Gehege. Sie streichelten Hannes sehr vorsichtig und boten ihm erneut Nudeln und etwas Mais an. Anstandshalber nahm er etwas davon und ging langsam

ein paar Schritte auf Wilhelm zu, um sich an ihn zu kuscheln. „Er ist verrückt geworden“, sagte Berta. „Er hält sich für einen Hasen“, sagte Lisa, die Psychologin und beste Fliegerin der Hühnerstaffel. „Nein, er stirbt“, raunzte die alte Susi, und alle schauten erschrocken zu ihr. „Wie kannst du so etwas Schlimmes sagen?“, schimpfte Lisa, und Palma betrachtete ihr Spiegelbild im Wassertrog. „Du meinst, er geht über den Jordan?“, fragte sie Susi. „Keine Ahnung, was der Jordan ist“, maulte Susi, „aber er nähert sich dem großen Regenbogen.“ Plötzlich war es muckshühnchen still geworden, und selbst die geschwätzigen Kleinen hielten ihre Schnäbel. Hannes seufzte und wankte von Wilhelm weg unter den Flieder, wo er sich dösend niederließ.

So vergingen einige Tage, an denen Hannes fröhlich aufstand und pickte, so als sei alles wie immer. Und doch war er schon am frühen Vormittag immer so erschöpft, dass er in einer lauschigen Ecke des Hühnerhofs einschlief oder sich an Wilhelm kuschelte. Die Bäuerin lugte verdächtig oft um die Ecke und schaute nach Hannes.

„Wir brauchen einen Plan“, meinte die alte Susi, und Berta nickte eifrig, denn beiden war klar, dass eine große Veränderung in ihrer aller Leben bevorstand. Palma blickte verständnislos, befragte ihr Spiegelbild im Wasser und rang sich zu einer ehrlichen Frage durch. „Was ist ein Plan? Und was haben wir dann davon?“ Lisa tippte sich verständnislos an die Hühnerstirn, und Hanni und Nanni spielten Fangen. Susi rollte die Kulleraugen und setzte zu einer Erklärung für Palma an. „Ein Plan ist, wenn alle sich etwas vornehmen und sich verabreden, damit eine schwere Zeit gut überstanden werden kann.“ Lisa, die beste Fliegerin und Küchenpsychologin des Hühnerzentrums, nickte verständig. „Du meinst also, wir sollten uns etwas vornehmen, damit wir uns nicht so viele Sorgen um Hannes machen?“ Berta wischte ihr eins mit dem Flügel über. „Nein du dummes Suppenhuhn! Susi meint, wir sollten dafür sorgen, dass Hannes sich wohl fühlt während seiner Übergangszeit ins gelobte Hühnerland.“ Palma zupfte sich eine schräg stehende Feder aus der Brust und schaute ernst. „Ich will das nicht hören! Immerhin hat er Hanni und

Nanni noch zustande gekriegt. So schlimm kann es doch nicht sein.“ Ein leises Hühnerrülpsen erschrak die ‚Hennenrunde, und als sie sich umdrehten, sahen sie Hannes mit aufgeplustertem Gefieder. „Ihr seid meine liebsten Freundinnen. Äh, sind ja auch sonst keine anderen Mädels da. Leider. Also ... hört auf zu Gackern und vertragt euch. Ich bin alt und kann streitende Weiber nicht ertragen.“ Langsam wackelte er unter den Fliederbusch, nicht ohne Wilhelm aufmunternd zuzuzwinkern. Dort wartete er auf die Bäuerin mit Maite und Matthis, die sicher wieder etwas Nudeln mit Mais bringen würden.

Als er eingeschlafen war, setzten die Hennen flüsternd ihr Gespräch fort. „Seht ihr, er weiß es selbst, dass er schon alt ist und uns bald verlassen wird“, raunzte die alte Susi. Berta warf Palma einen strengen Blick zu. „Du bist die jüngste unter uns und die Mutter seiner letzten beiden Kinder, also übernimmst du das Aufmunterungsprogramm.“ Palma schaute ratlos. „Ich bin auch nicht mehr die Hübscheste seit meinem letzten Gelege." Hanni, Nanni, Berta und Susi stöhnten genervt auf. „Also gut“, gurrte Lisa. „Wir kümmern uns alle um ihn und lassen ihm trotzdem seine Ruhe.“ Trotzig stampfte Palma mit ihrem Hühnerfuß auf. „Entweder ich kümmere mich, oder ich lasse ihn in Ruhe. Beides gleichzeitig kann ich nicht“, warf sie leicht verzweifelt in die Runde. Lisa gackerte laut hysterisch lachend auf. „Nicht entweder-oder, sondern UND“, schimpfte sie. „In der Früh ist er noch recht gut beieinander. Da wirst du, Palma, ihn begleiten und ihm süße Sachen ins Ohr gurren, während ihr beiden, Hanni und Nanni, beim Spielen zuseht. Wenn er müde wird, lässt du ihn in Ruhe sein Vormittagsschläfchen unter dem Fliederbusch machen und kümmerst dich um den Hof. Mittags legt sich dann Susi zu ihm und plaudert über alte Zeiten, während er ruhig döst. Abends kuschelt dann Berta ein wenig mit ihm und philosophiert über das Ende vom Tag. Wenn ihr dann alle schön das Heu im Schlafhaus bereitet habt, helfe ich ihm hinein.“ Die Hennen nickten, und selbst Palma schien nun verstanden zu haben, wie man sich gleichzeitig um jemanden kümmern und ihn dennoch in Ruhe lassen kann.

So taten sie es zwei Wochen lang, während Hannes sich dösend über den friedlichen Hühnerhof wunderte, es aber dennoch genoss. Er schlummerte seinem letzten Tag entgegen und genoss das Kuscheln, die Gespräche und seine spielenden Kinder. Auch der Hofhund Fee kam einmal täglich bei ihm vorbei, leckte sein Köpfchen und ging wieder. Sogar Miou verhielt sich zahm. Sie verzichtete darauf, fauchend vor dem Zaun zu stehen, und selbst die Meerschweinchen hielten sich mit ihrem Spott über hässliche Zweibeiner zurück. Fast wie im Paradies erschien es ihm, und er seufzte zufrieden. „Danke, du großer Hühnergott" flüsterte er noch einmal, als er seinen allerletzten Atemzug tat und zu seiner großen Reise über den Regenbogen aufbrach.
Der Hof war still. Keine Katze fauchte, kein Meerschweinchen spottete, kein Hund bellte, und die Hennen waren so ruhig wie Wilhelm. Jener stand auf, hoppelte zu Hannes und drückte ihm einen dicken Kuss auf den Hühnerkamm. Die Bäuerin kam mit Maite und Matthis dazu. Sie nahmen Hannes abwechselnd auf den Arm, streichelten seine schönen Federn und begruben ihn unter dem Mirabellenbaum. „Nur mal gut, dass wir keine Schule hatten", flüsterte Maite. „Sonst hätten wir uns gar nicht um Hannes kümmern können." Matthis schluchzte: „Die armen Hennen haben nun keinen Hahn mehr. Wie sollen sie da Eier legen?" Die Bäuerin nahm ihn in den Arm. „Weißt Du Matthis, vielleicht können wir ja einen jungen Hahn vor dem Metzger retten. Oder auch zwei?" Matthis strahlte, denn er hatte schon gehört, dass Sven und Kolja aus dem Nachbardorf leider zu Brathähnchen werden sollten. „Oh jaaaaaa!!!", strahlte er, während die Hennen traurig ins Hühnerhaus zum Schlafen gingen. Aber das, was sie gerade gehört hatten, machte ihnen Hoffnung, und sie waren traurig über den Verlust von Hannes und doch neugierig, wer da wohl bei ihnen einziehen würde.

Wencke Köneking & Elke Rathsfeld

# Weit weg von der Insel

Umzug – das Wort allein bringt schon Unruhe in ein Leben. Umzug im Alter noch mehr. Und in aller Kürze umziehen zu müssen, das war das Schlimmste, was mir passieren konnte.
März 2020. Umzug in Corona-Zeiten. Aber wie gesagt, es musste sein. Ein Häuschen in Burg hatte ich gemietet. Einen Mitbewohner hatte ich auch, meinen Lebensabschnittspartner, wie das heute so bezeichnet wird, der mir im Alter zehn Jahre vorauseilt. Wir haben dort in Ruhe gut vier Jahre leben können und wollten eigentlich noch weitere sechs Jahre gemeinsam unser Leben teilen. Doch es kam ganz anders.
Rostiges Wasser floss in relativ kurzen Abständen aus den Leitungen, und schimmelige Stellen, die wir nicht zu verantworten hatten, machten sich breit. Schließlich kam der Eigentümer mit der Kündigung, da das Haus abgerissen werden sollte. Eine Sanierung war nicht möglich. Der Traum, auf der Insel so richtig alt zu werden, rann durch die Kanalisation ins dunkle Nirgendwo.

Und nun? Mein Partner zog zu seiner Tochter nach Thüringen, mein Sohn Thilo besorgte mir eine Wohnung in Homburg im Saarland, wo er schon über 30 Jahre lebt. Für mich war das schon fast am Ende der Welt, denn zwischen den beiden Wohnorten meines Partners und mir liegen nun 500 Kilometer. Und kein Meer in Sicht, kein Wind, den man sich mehr oder weniger stark um die Nase wehen lassen kann. Aber ich erkenne an, dass mein Kind es nur gut gemeint hat. Wenn man ein gewisses Alter erreicht hat, ist Hilfe der Kinder eher angesagt als die von Fremden.

Die Wohnung ist zweifellos schön, unbebauter Blick auf Felder und Wald. Rehe, Störche, Gänse und anderes Getier, was ich als Naturliebhaberin schon morgens beim Frühstück genießen kann. Aber kein Wasser! Ostsee, Nordsee, Schleswig-Holstein, Land meiner Träume – da kommt mir Wasser in die Augen.

Doch nun zum Umzug. Ich musste für meine beiden Söhne, die mir dabei helfen wollten, eine Genehmigung haben, die sie berechtigte, trotz Corona auf die Insel zu fahren. Nach etlichen Telefonaten mit verschiedenen Stellen bekam ich endlich vom „Fachdienst Sicherheit und Ordnung in Eutin“ die Zusage, diese Genehmigung zu erhalten.

Und sie kam auch pünktlich mit den Worten:
"Sehr geehrte Frau Neubauer, der von Ihnen geschilderte Fall erfüllt den Tatbestand Ziff. 2 der Allgemeinverfügung zur Beschränkung des Zugangs zu der Insel Fehmarn vom 15.03.2020. Dementsprechend besteht aufgrund des Verwandtschaftsverhältnisses ersten Grades eine Ausnahme vom Betretungsverbot (zur Sorge)."
Uff, das war geschafft. Den Bescheid hatte ich per Mail am 20. März auf dem Computer.

Ich war schon recht angeschlagen, denn das Einpacken meiner ungefähr 120 Gemälde (ich bin Malerin) war schon eine große Anstrengung für meine beiden arthritischen Daumen. Aber mit Schmerzmitteln bin ich abends immer ganz gut in den Schlaf gekommen. Eine gute Bekannte hatte mir angeboten, beim Verpacken der Bestände der verbliebenen fünf Zimmer zu helfen. Doch ich lehnte das wegen Corona ab.
Der Inhalt eines Zimmers war ja schon weg. Vierzehn Tage zuvor war mein Partner mit Sack und Pack ausgezogen.

Die Umzugsleute waren pünktlich. Sie waren aber etwas hektisch bei der Sache, aufgrund der weiten noch zu absolvierenden Wegstrecke. Am selben Tag fuhren sie los. Danach hatte ich mit meinen Söhnen noch den Abnahmetermin des Vermieters abzuwarten. Eine Stunde rumstehen im leeren Haus. In Anbetracht des bevorstehenden Abrisses hätte man sich diesen Termin eigentlich auch schenken können, oder?

Und dann ins Auto und ab in den Südwesten losgefahren. Die Raststätten, die wir anfuhren, waren geschlossen. Ein großer Fastfood-Laden hatte auf, aber nur Drive-In und keine Toilette.

Es war eine lange Fahrt von etwa zehn Stunden. Wir fuhren fast die Hälfte der Strecke in der Dunkelheit in ein für mich fremdes Gebiet. Am nächsten Morgen stand das Umzugsunternehmen um acht Uhr vor meiner neuen Wohnung. Schon ging es los, und nach vier Stunden war der Spuk vorbei. Und ich war noch nicht richtig da, war einfach müde, geschafft. Aber Dank der tatkräftigen Unterstützung meines Sohnes und der Schwiegertochter war alles so etwa im Lot, als ich dann abends in mein eigenes Bett fallen konnte.

Corona – immer wieder und überall. Maskenpflicht, Risikopatient wegen Alter und Diabetes. Ich blieb einfach zu Hause. Zu Hause: In den ersten Tagen kam ich mir vor wie in einer Ferienwohnung. Meine Kinder versorgten mich mit Lebensmitteln und allem, was nach einem Umzug aus den verschiedensten Gründen noch gebraucht wurde.

Und dann lernte ich das Alleinsein kennen. Das ganz Alleinsein. Keinen Menschen kannte ich hier und kenne ich bis jetzt nicht. Meine Enkelin Paula habe ich auf Abstand erst sechs Wochen später für ein paar Minuten sehen können. Die Bewohner der zehn Wohnungen hier im Haus kenne ich überhaupt nicht, alles auf Abstand. Ein junges Paar, das unter mir wohnt, hat einen Boxer-Hund, der morgens immer am Feldweg ausgeführt wird. Da gibt es schon mal ein freundliches „Hallo“ vom Balkon aus, aber sonst ...

Meinen Ausweis ändern konnte ich erst Ende Juni, meinen Fahrzeugschein am 27. Juli.
Die Termine dafür bekam ich vom jeweiligen Amt mitgeteilt, wofür ich mich schriftlich anmelden musste.

Im Juni konnte ich endlich einen Friseur aufsuchen: Haare nur waschen und schneiden, aber mit Mundschutz natürlich und Plastikumhang. Eine Tortur – und eine Friseurin, die für den Haarschnitt vierzig Minuten brauchte.

Die Museen und Galerien, für mich sehr wichtig, sind und bleiben noch geschlossen. Hier in Homburg waren bei vielen Geschäften die Gitter runtergelassen, was sich jedoch inzwischen etwas gelockert hat.
Schwimmen würde ich gerne mal, aber auch das ist in diesem Jahr nicht möglich.
Einmal in der Woche fahre ich mit dem Auto durch die Gegend, um zu sehen, wo ich überhaupt gelandet bin. Schön ist es hier, doch es ist fraglich, ob ich hier jemals heimisch werde.
Ich bin jetzt 76, aber für die paar Jahre, die mir noch bleiben, wird es wohl gehen.

Wie heißt es so schön: „Und immer wieder geht die Sonne auf", so auch hier im Saarland, und Covid-19 wird doch hoffentlich unser Leben nicht auf ewig einschränken.

Beate Neubauer

# Glauben Sie an Bitcoins?

In der ersten Woche der Corona-Pandemie in Deutschland hing ich ständig an allen Wort- und Bild-Medien, um einzufangen, was gerade passiert. Ist es so? Ist es wirklich so? Ist es schon da? Was ist das? Was geht ab?
Mir war bange, aber ich war auch neugierig, was in der Welt passiert. Zeitgleich schoss ich von höchster Anspannung in die absolute Entspannung. Für mich fielen just in der kommenden Woche nach dem Lockdown ab dem 16. März 2020 umfangreiche Veranstaltungen aus, in die ich involviert war und auf einmal nur noch gewesen wäre. Sowas, puh, loslassen ... Dass diese Termine nun komplett ausfallen würden, hatte ich damals nicht gedacht – aufgeschoben war über die Zeit gesehen dann doch aufgehoben.

Die Welt wurde aus den Angeln gehoben, ein Land nach dem anderen hielt die Luft an, unsere Routinen lösten sich auf – und da diese uns auch unsere tägliche Sicherheit geben, wurden die Sorgen bei dem Blick in die Zukunft noch größer.
Viele haben sich vor Furcht zurückgezogen oder sogar eingeschlossen, manche haben kilometerweise Toilettenpapier gebunkert. Da frage ich mich, warum diese Errungenschaft der Neuzeit so wichtig ist, denn wenn nichts mehr da ist, es vorne reinzugeben, dann käme schließlich auch hinten nichts mehr raus! Die Hauptnahrungsmittel waren auf einmal Mehl und Hefe, und das gibt auf jeden Fall Verstopfung. Wissen Sie, warum dreilagiges Toilettenpapier ausverkauft war? Weil für jeden „Scheiß“ ein Durchschlag gebraucht wird. Und für das neue WC-Gold gibt es sogar im Internet einen Rechner: Wie lange kommen die Hamsterkäufer mit ihren weißen Rollen aus? Ein Politiker brachte es auf den Punkt: „Wir haben so viel, wir können zehn Jahre kacken.“ Nun ja, lachen muss auch in Corona-Zeiten erlaubt sein, denn Humor kennt kein Kontaktverbot. Und vielleicht müssen wir blöde Corona-Witze machen, weil so die Situation für uns erträglicher wird?

*Ich glaube nur an das, was ich sehen kann.*

Ernst wird es allerdings, wenn ein Teil von Bundesbürgern unseres freien Landes es nicht glauben will, dass wir in einer besonderen Zeit stecken, denn sie können das fiese Virus ja nicht sehen. Deshalb verweigern sie ihren Mitbürgern den Respekt, mit ihrem der Situation angepassten Verhalten die Lage nicht noch schlimmer zu machen. Gehen sogar auf die Straße, um zu demonstrieren! Aus allen politischen Richtungen kommen sie zusammen, natürlich unter Missachtung der AHA-Regeln: Abstand halten, Hygiene beachten und Alltagsmaske tragen.
Wer immer nur auf seinen Teller schaut und nicht über den Tellerrand, in diesem Fall mal in die Welt, was da gerade passiert, kann natürlich wütend werden, dass seine Grundrechte in unserer Demokratie vermeintlich beschnitten werden. Er könnte es doch mal ausprobieren in einer Autokratie zu leben, in der man eingesperrt wird, wenn man seine Meinung sagt, in der Türkei geht das ganz prima. Wer auf das Geschehen der Corona-Pandemie in anderen Ländern schaut, kann sich doch mal fragen: Die können doch nicht alle spinnen und nur, um ihre Bürger zu ärgern, die Schotten dicht machen? Auch hier gilt: Wir wissen erst hinterher, wie diese Pandemie ausgeht.
Würden sich doch nur mal die auf den Weg machen, die gemeinschaftlich denken und sich rücksichtsvoll verhalten, um ihre Sicht auf die Welt zeigen. Sie würden ohne Geschrei und Gewalt geräuschlos die Schreihälse und Krawallos über den Haufen walzen oder aus dem Weg drängen. Und wenn diese große Menge an respektvollen Menschen dann mal so wütend würde über die Rücksichtslosigkeit derer, die sich an den Freiheitsrechten beschnitten glauben, dann sähe diejenigen aber echt alt aus.

*Fehmarn Corona-frei?*

Das Virus ist auf Fehmarn angekommen! Zumindest in der nach dem Gästeansturm in der Sommersaison verbleibenden Insel-

Bevölkerung. Und bis dahin hatten wir uns gewundert, dass unsere vom Robert-Koch-Institut erfassten Zahlen an COVID-19-Erkrankungen nicht nach oben geschnellt sind. Schließlich waren wir in dieser Saison doch noch mehr gebucht als je zuvor – wo sollten die Reiselustigen auch hin? Und Deutschland – besonders die Insel Fehmarn – ist es wirklich wert, entdeckt zu werden.

Also, was ich sagen will: nicht die Feriengäste haben uns durch ihre Besuche in Quarantäne geschickt, sie haben ihren Virus sicher wieder mitgenommen und wurden dann zu Hause in die Statistik aufgenommen. Obwohl mir auch zu Ohren kam, dass nach dem Ende des ersten Lockdowns zum 18. Mai 2020 Feriengäste nicht auf einen Ferienhof reisen wollten, wenn sie den Mund-Nasen-Schutz tragen müssten. Sie hätten doch Urlaub, und auf der Insel wäre doch kein Corona! Ja, und wir wollen auch, dass es so bleibt, sagte die Vermieterin.

Nein, es gab kaum Fälle auf den Ferienhöfen, keiner musste meines Wissens wegen des COVID-19-Virus schließen. Die Vermieter und ihre Feriengäste haben sich augenscheinlich bestens an das Corona-Hygienekonzept gehalten. Problematisch sind dann wohl eher die Reiselustigen, die doch noch in die Wärme reisen müssen, weil sie im Sommer immerzu arbeiten mussten? Wer weiß das. Oder weil sie müde sind, sich auch in Familien und Freundeskreisen zurückzuhalten, den nahen Kontakt zu vermeiden? Und auch die jungen Menschen sind nicht zu beneiden, dass sie nicht feiern dürfen und dann trotzdem gern in ihrem jugendlichen Leichtsinn wahre Hotspots initiieren. Ja, schade, dass dann ihre Großeltern wieder isoliert in ihren Altersresidenzen leben, wenn nicht sogar dahinvegetieren müssen, weil wieder absolut kein Besuch kommen darf.

Es gab eine Hochburg im bis dahin zartrosa angehauchten Ostholstein, wenn man die Corona-Pandemie-Deutschlandkarte betrachtete, die unseren RKI-Index nach oben geschossen hat. In einem Hotelbetrieb an der Ostseeküste weit südlich von Fehmarn wurde in der Mitarbeiterschaft ein Corona-Verdacht positiv getestet. In den Printmedien wurde betont, dass man sich höchstgenau an die Corona-Hygieneregeln gehalten hatte. Auf einmal waren es 35 betroffene Mitarbeiter in diesem Hotel. Da staunt der Laie und der Fachmann wundert sich. Auf unserer schönen Insel Fehmarn war sogar während der Hochsaison keine rasante Steigerung der COVID-19-Fallzahlen wahrzunehmen, wie auch in Ostholstein, für das der Inzidenzwert gesamt erfasst wird.

Zu Beginn der neuen Pandemie, als sie noch weit entfernt schien, machte jemand einen Witz über Fledermäuse mit Schlitzaugen, als in einer geselligen Runde über die Montage von Fledermauskästen diskutiert wurde. Er hätte sicher nicht gedacht, dass uns das Virus – hat es nicht auch Schlitzaugen? – so schnell auf die Pelle rücken würde. Und auch wenn das Virus nicht zu sehen ist, es ist vorhanden und krempelt unser Leben um. Manche halten es für eine normale Grippe, an der doch auch jedes Jahr tausende Menschen sterben. Wie auch an Krebs oder am Herzinfarkt. Zum Glück sind wir aber heute dagegen nicht hilflos. Die Medizin hat Maßnahmen und Kenntnisse, um helfen zu können. Das fehlte insbesondere anfangs aber bei dem COVID-19-Virus. Wir können es nicht sehen, viele kennen nicht mal jemanden, der erkrankt ist, also ist das alles nur Panikmache?
Es gibt doch seit einiger Zeit eine neue Art von Zahlungsmittel, die sogenannte Kryptowährung, die wir nicht wie einen Geldschein oder eine Münze in die Hand nehmen können. Nicht begreifbar, nicht sichtbar – wie ein Virus auch. Glauben Sie an Bitcoins?

Claudia Czellnik

# Das Flügelhorn

Dass Corona nicht immer nur schlimme Folgen hat, zeigt eine wahre Begebenheit aus dieser Zeit, von der mir mein Sohn erzählte:
„Vati, was hältst du davon, mit mir Seeland rund zu segeln?"
„Viel! Es wird mir guttun, nicht nur als Chauffeur für meine Frau zu agieren, um sie vom Arzttermin zur Physiotherapie und umgekehrt zu kutschieren."
Also beschlossen wir, am folgenden Wochenende unsere Segelklamotten zusammenzupacken und gemeinsam den Törn rund um Seeland zu meistern. Am Samstag, dem 27. Juni 2020, war meine Jeanneau um elf Uhr fertig gepackt, und los ging es Richtung Lohals auf Langeland.
Mein Vater war in seiner Vergangenheit nicht nur ein hervorragender Regattasegler gewesen, er hatte auf den Segeltouren nach Finnland, Schweden und Norwegen die nötige Erfahrung bei Flaute und Schwerwetter gesammelt. Er sei mit seiner Frau immerhin zweimal um die Welt gesegelt, erzählte er staunenden Landratten oft. Trotzdem war ihm mein modernes Boot nicht ganz geheuer, oder sollte es etwa die seiner Ansicht nach riskante Art meines Segelns sein?
Normalerweise zog ich einen Spinnaker von 65 Quadratmetern hoch. Aber warum nicht einen mit 80 Quadratmetern setzen, wenn der Wind so schön achterlich wehte?
Rauschefahrt bis Lohals im Osten Langelands, bis zu zwölf Knoten Geschwindigkeit, das sind etwas über 20 Kilometer pro Stunde. Für ein Segelboot von 32 Fuß ist das fast nur Gleiten! So ähnlich ging es die nächsten Tage weiter, der Wind drehte mit, wir waren begeistert.
Mein 82-jähriger Vater beurteilt viele Dinge aus seiner aktiven Zeit, keine gute Voraussetzung, über Politik oder Wirtschaft zu diskutieren während der langen Touren. Heute war aus Sicht meines Vaters nämlich fast alles schlechter, angefangen von den Hausfrauen, die meinten, Politik machen könne jeder, bis zu den

miesen Programmen im Fernsehen. Also suchte ich ein neutrales Thema für uns beide: Musik.

Natürlich hatte unser Vater, der Sänger in einem Männerchor ist, etwas zu kritisieren: „Ist das nicht traurig, Fritz, dass an den Schulen keine Volkslieder gesungen werden im Musikunterricht?"
„Nein, das bedaure ich nicht." „Aber das ist deutsches Kulturgut. Es wäre sehr schade, wenn all die wunderbaren Texte und Melodien verloren gingen."
Ich selbst, also Fritz, der Sohn, bin Pianist in einer netten kleinen Band und habe eine ganz andere Sicht auf Musik.
„Meinst du so etwas wie 'Es klappert die Mühle am rauschenden Bach' ? Welch ein eintöniger Marschrhythmus! Oder das Lied 'Wildgänse rauschen durch die Nacht' ? Wenn man den Text auseinandernimmt, ist das eine Verherrlichung des Krieges, oder? Nee, ich bin kein großer Fan von Volksliedern."
„Hast du denn keins, welches dir gut gefällt?" „Doch! 'Der Mond ist aufgegangen' ist ein solches Lied für mich. Text und Melodie sind wunderschön, und ich habe es unserer Tochter Lis immer vorgesungen, als sie klein war."
„Und was hältst du von 'Kein schöner Land in dieser Zeit' ?" „Du hast Recht, Vati, das ist das zweite Lied, welches ich als gelungen vorgeschlagen hätte." Mein Vater summte die Melodie leise vor sich hin, ein Zeichen, dass er sich doch schon ein wenig beruhigt hatte.

Leider musste er zwei Tage später wieder zurück, und ich hatte beschlossen, allein weiter zu segeln. Einhandsegeln ist gewöhnungsbedürftig und natürlich aufwändiger, weil man jeden Handgriff alleine machen muss. Wenn man alle Sicherheitsmaßnahmen befolgt, wie: Schwimmweste, automatischen Rudergänger kontrollieren etc., ist Einhandsegeln auch nicht gefährlich. Schließlich war mein Boot extra zum Einhandsegeln konstruiert worden.

Und – ganz wichtig: Gelangweilt habe ich mich überhaupt nicht mit mir selbst!
Mein Ziel war Hesnaes, dann je nach Wetterlage ein oder zwei Tage zurück bis Fehmarn.
Wie die meisten Segelhäfen war auch Hesnaes fast leer. Kein Wunder. Es durften ja nur Segler aus Schleswig-Holstein in dem dänischen Häfen festmachen.

Fünf Boote insgesamt, wo sonst mehr als 50 liegen. Man fühlt sich merkwürdig unbedeutend, umgeben von solch einer Leere. Das Anlegemanöver klappte. Alles aufräumen und zur Belohnung ein Glas Wein als Einlauftrunk. Essen wollte ich später, jetzt erstmal genießen und den wunderbaren Törn im Geiste nacherleben.
Ich genoss die Abendstimmung, da sah ich aus dem Augenwinkel etwas aufblitzen. Auf der gegenüberliegenden Seite des Hafens holte jemand sein Flügelhorn aus dem Inneren seines Bootes.
Ein Flügelhorn beim Segeln? So etwas Absonderliches hatte ich noch nie erlebt.
Ich konnte nicht erkennen, ob es sich bei dem Besitzer des Flügelhorns um eine Frau oder einen Mann handelte. Aber die Person setzte das Instrument an die Lippen.
Und weit über den Hafen erklang die Melodie: 'Kein schöner Land in dieser Zeit'. Den letzten Ton wehte die Abendbrise zu mir herüber. – Stille – Dann wurde das Horn zum zweiten Mal angesetzt und – ob ihr´s glaubt oder nicht – es erklang 'Der Mond ist aufgegangen'!
Mir wurde ganz wehmütig ums Herz. Es schaute ja keiner genau hin, also ließ ich ruhig ein paar Tränen aus den Augen fließen.
Die Corona-Pandemie hatte sicherlich vielen empfindsamen Menschen bewusst gemacht, dass Leben nicht selbstverständlich ist.
In dem Moment empfand ich intensiv, wie wunderbar ein Augenblick sein kann und wie vergänglich die Zeit.

Barbara Brock

# Du bist gar kein Clown – du bist nur ein Animateur!

Das klang verletzend – erst recht, wenn es einem die Clown-Frau sagt, in die man gerade verliebt ist.
Aber es ist etwas Wahres dran. Animateur auf einem Campingplatz bin ich schon lange – ist das denn etwas Schlimmes? Eigentlich schon: ich wollte es ja auch immer nur noch ein weiteres Jahr machen und dann aufhören. Und dann kam nochmals „nur noch ein weiteres Jahr“ und so weiter.

Und dann sagt mir die Campingwirtin: “Dieses Jahr haben wir das Animationszelt noch gar nicht aufgebaut ... wegen Corona”. Ein einfacher Satz – ganz ohne Schnörkel – um ihn zu verstehen, musste ich hinfahren und selbst schauen. Und es stimmte, da, wo seit 26 Jahren in jedem Sommer quasi das Wohnzimmer des Clowns war, da war nichts – kein Zelt – unglaublich!

Unglaublich auch: zwei Tage später kam ein Anruf vom Campingplatz, dass man doch etwas für die Gäste veranstalten wolle, und was ich denn wohl möglich machen könnte?
Animation in Corona-Zeiten – geht denn das? Wilde Aktionen von Piraten und Indianern mit Abstand und Mundschutz – nicht vorstellbar! Fußball?

Ich hätte nie gedacht, dass einem unsportlichen Menschen wie mir Fußball mal am Herzen liegen könnte. Doch ich erinnere mich gut, wie ich meinem Professor erklärte, sein Lieblingsgebiet hätte einen veralteten Namen. *Restorative Justice* wäre nicht nur unaussprechlich, sondern mit Blick nach hinten und müsste eigentlich *fair-achten* heißen. Als Beispiel führte ich das Fußball und Streetball Spielen auf dem Campingplatz an, wo es einfach um den Spaß am Spielen geht, der die Fairness beinhaltet. Dieser Spaß wurde jetzt offiziell verboten.

Ja, im Verein könne man schon wieder Fußball spielen, sagte mir der freundliche Mitarbeiter der Stadt Fehmarn, aber auf einem Campingplatz sei das ja etwas ganz anderes. Er habe gerade die neuesten Informationen zu Corona bekommen, die 40 Seiten jedoch noch nicht gelesen. Genauere Auskünfte gäbe der Verband der Campingplatzbetreiber.

Das Management des Campingplatzes hatte 35 Mails vom Verband bekommen und auch noch nicht alle vollständig gelesen. Also spielen wir nicht Fußball, sondern stattdessen Elfmeterschießen – das ist ja mit Abstand, dachte ich.
Irgendwie ist es dann eskaliert – plötzlich haben doch alle Fußball gespielt. Alle waren begeistert und haben sich bedankt.
Mein Sohn war ebenfalls begeistert zu hören, dass ich Animation mache und er wieder mit mir Fußball spielen kann, wenn er mich im August besucht.

Da er Jura studiert, fragte ich gleich, ob es rechtliche Bedenken gäbe. “Restliches Unbedenken” war die Antwort.

Also, ich weiß nicht, ob es richtig ist, was wir tun – es fühlt sich gut an – ob es faires Handeln ist? Diese Frage wird sich hoffentlich niemals stellen.

Franco Confetti

# Logik

Unsere schöne Feuershow muss leider doch ausfallen ...
Wobei doch das Feuerspucken die sicherste Methode wäre,
die Viren zu vernichten!

Franco Confetti

# Reif für die Insel!

November 2020 Deutschland. Ein weiterer harter Lockdown kündigt sich an, nachdem die Light-Variante des Herunterfahrens des öffentlichen Lebens nicht den gewünschten Erfolg zeigt. Täglich sind, vor allem hier bei uns in Bayern, viele tote Menschen zu beklagen, viele sind sehr krank, und viele leiden auch unter der Isolation und darunter, dass menschlicher Kontakt jetzt zum tödlichen Risiko werden kann. Dennoch versuche ich, der Situation etwas Positives abzugewinnen. Ich fühle mich weniger getrieben, bleibe viel zuhause, koche und backe, mache klar Schiff und tue Dinge, die ich lange vor mir hergeschoben habe.

Was hat das alles mit Fehmarn zu tun?
Nun, was ich sehr bedaure, und was ich auch schon im Frühjahr während des ersten Lockdowns bedauert habe, das ist die Tatsache, dass ich gerade jetzt nicht nach Fehmarn fahren kann. Seit vielen Jahren bin ich mit der Insel verbunden, die mir zur Herzensheimat geworden ist. Besonders gern war ich immer zu den Zeiten da, wo es ruhiger zuging, also außerhalb der Ferienzeiten und auch im Winter. Wie herrlich muss es sein, abgesehen vom traurigen Anlass!, jetzt auf der Insel „gefangen" zu sein!
Natürlich – ich bin ebenfalls nur Touristin, auch wenn es mir vergönnt war, schon mal länger auf Fehmarn zu sein, einmal anderthalb Jahre am Stück. Aber die Insel war und ist für mich immer am schönsten, wenn wenig Reisende unterwegs sind, vor allem im Herbst und Winter oder auch im Frühjahr, wenn man an den unterschiedlichen Stränden rund um die Insel ungestört spazieren gehen, dick eingepackt mit dem Fahrrad über die einsamen Felder im Inselwesten fahren kann, wenn man mit den Einheimischen mal im Cafè plauschen und an der Supermarktkasse den wohlklingenden fehmaraner Zungenschlag vernehmen kann! Dazu das unvergleichliche, milde Licht, das Flanieren am leicht melancholisch wirkenden, nahezu menschenleeren Südstrand, der Wind, die Geräusche, das Meer – alles wirkt in-

tensiver, wenn man nicht abgelenkt ist, nicht schon wieder nach der nächsten Möglichkeit der Zerstreuung sucht, sich einfach der Schönheit der Insel, der Natur und der Freundlichkeit ihrer Einwohner hingeben kann.

Ich bin den Fehmaranern sehr dankbar, dass sie solche Freude daran haben, die Schönheiten ihrer Insel mit anderen Menschen, die nicht so privilegiert wohnen können, zu teilen. Vieles ist in den letzten Jahren schön gemacht worden – neue Radwege, Feldsofas, und und und. Aber mir kam es doch zunehmend so vor, dass die Kapazitäten dieses begrenzten Fleckchens Erde im Meer allmählich ausgeschöpft sind. So mancher idyllische Winkel ist inzwischen zum Hotspot geworden. Aus kleinen Trampelpfaden am Deich haben sich hier und da „mehrspurige“ Fahrrad-Rennstrecken entwickelt, aus ehemals ruhigen und wenig besuchten Strandabschnitten wurden Treffpunkte von jungen, hippen Leuten. Ich möchte hier nicht bewerten, ob das gut oder schlecht für die Insel ist. Das steht mir nicht zu, und natürlich müssen und sollen die Insulaner auch eine Existenzgrundlage haben! Ich schildere hier nur meine persönlichen Eindrücke, und ich würde mir bisweilen einen etwas sanfteren Tourismus wünschen.

Ach, Fehmarn, wie gern wäre ich jetzt da! Ich hoffe und wünsche von ganzem Herzen, dass es deinen Bewohnern gut geht, dass sie gesund bleiben, ihr Auskommen haben, und dass sie auch in Zukunft auf ihre schöne Insel aufpassen und sich ihre charakterlichen Eigenheiten bewahren. Bis bald, nach dem Lockdown!

Marina Reif

# Singen ist unser Glück!

Wir sind die Brückennachbarn. Wir lieben es zu singen und halten zusammen wie Pech und Schwefel. Nun, Pech hatten wir wirklich, als das Virus kam und nichts mehr war wie vorher. Ein jeder Sänger, eine jede Sängerin ist im Alltag aktiv und gefordert. Für uns gibt es nichts Schöneres, als bei unseren Treffen, während wir gemeinsam Singen, alles hinter uns zu lassen.
Einige von uns sind Risikopatienten, manche sind schon etwas älter, und natürlich haben wir Schönes und Schwieriges erlebt. Aber das Singen ist unser Glück, es schweißt uns zusammen, und unsere gemeinsamen, öffentlichen Auftritte sind immer wieder Highlights für uns.

Plötzlich ist alles aus! Und gerade doch noch so viele Auftritte vor uns gelegen, auf die wir uns so sehr gefreut hatten.
Zu Hause vor sich hin zu singen, ist nicht dasselbe. So, wie ein Ton nicht dasselbe ist wie ein Lied, so ist eine Einzelstimme nicht das Gleiche wie ein Chor.
Bedauern, Einsamkeit, Angst und Traurigkeit legten sich über manches Gemüt, und so fingen wir an, einander Textnachrichten via Handy zu schicken.
Vom Vermissen haben wir geschrieben, von den unerreichbaren Ärzten auf der für uns geschlossenen Insel Fehmarn, von den ausfallenden Gottesdiensten und den brach liegenden Vereinen. Nichts ging mehr.

Da hatte unsere Chorleiterin die Idee! Wir wollten einen Text schreiben für ein gemeinsames, zukünftiges Lied. Wir wollten dichten, jeder ein paar Zeilen schreiben, die sich reimen. Auch die Gründerin unseres Chors fand das toll, und auch die Pastorin ermunterte uns, unsere Chorverse der Öffentlichkeit nicht vorzuenthalten. Und voilà - hier sind sie, und gern dürfen Sie eine Melodie dazu summen, während Sie lesen.

In dieser Ausnahme-Zeit
hilft uns nur der Zusammenhalt!

Drum lasst uns gemeinsam singen,
um allen Freude zu bringen.

Die Sonne, der Mond, die Sterne,
die Blumen, sie sind für uns alle da.

Sie bringen Hoffnung, Freude, Liebe
und Leben.

Wie wunderbar.

Um allen zu zeigen, dass auch
Schönes wiederkommen mag.

Halten wir durch, wie wunderbar.

Lasst uns die Freude an der Musik
weitergeben.

Jetzt ist‘s an der Zeit, wir halten
inne, zur Pause sind wir nun bereit,
gibt es dem Leben neuen Sinne?

In diesen schwierigen Zeiten, kann
die Musik Wärme und Freud' weiter-
leiten. Sie schwingt von Ort zu Ort
und erwärmt die Herzen dort.

Und da, wo Corona trennt, sind
Menschen vereint in den lieblichen
Klängen der Musik. Sie übersteht
alles und gibt uns Kraft und Halt
in dieser Zeit.

So findet mancher in dieser Zeit sich
und sein Gegenüber wieder.
Was mag in unserem Leben wichtig
sein?
Lässt uns Corona klarer blicken?

Du bist Zuhause, und dir wird klar,
das Ganze wird ein schweres Jahr.
Die Mitarbeiter in den versorgenden Berufen
stoßen an ihre Grenzen.
Die anderen sollen zuhause bleiben und deren
schwache Nerven nicht auch noch testen.
Kauft bitte nur ein, was ihr wirklich müsst,
damit der Nächste nicht hungernd und ohne
Klopapier zu Hause sitzt.
Schränkt alle unwichtigen Besuche bei Ärzten
und Apotheken ein,
denn diese sind bereits überlastet und müssen
weiterhin stark sein.
Drum mein Appell an euch alle,
die hoffentlich zuhause sitzen,
räumt eure Bude mal auf
und geratet so ins Schwitzen.
Geht raus in den Garten und jätet das Unkraut,
damit es euch nicht auch noch umhaut.
Bleibt zuhause, ist die Devise,
bevor uns noch alles verboten wird in dieser Krise.
Bleibt zuhause zu eurer eigenen Sicherheit,
denn das Virus hält sich überall bereit.
Denkt an eure Lieben und Stück für Stück,
kehrt dann das normale Leben hoffentlich
schnell zurück.
Bleibt schön gesund, wenn momentan auch
recht einsam,
dann singen wir in einigen Wochen wieder gemeinsam.

Was keiner je für möglich hielt,
ein Virus – ja, man glaubt es kaum,
er greift die Lunge an, gezielt,
und hält die ganze Welt in Zaum.

Corona macht vor keinem halt
und breitet sich nun sehr schnell aus.
Er infizieret Jung und Alt,
darum, ihr Leute, bleibt zu Haus.

Auch wir vom Chor sind jetzt betroffen,
wir dürfen uns zurzeit nicht seh'n,
doch alle für die Zukunft hoffen
auf ein baldiges Wiedersehn.

Am Abend eine Kerze brennt,
Hoffnung für alle hier auf Erden,
dass bald die Krise hat ein End,
damit wir wieder glücklich werden.

Und wir vom Chor dann singen wieder,
mit Freude und mit Lobgesang,
gemeinsam wundervolle Lieder,
und hoffentlich ein Leben lang.

Sankt-Katharinen Chor Großenbrode

# Die stille Zeit

Mein Wecker klingelt, der prasselnde Regen fällt auf mein Dachfenster, und der Wind peitscht um die Bäume in der Morgendämmerung.
Ich fluche leise vor mich hin, schmeiße mich schnell in die erstbesten Klamotten, die in der Eile zu finden sind, fliehe ins Bad und schnappe mir hastig ein Sandwich von gestern Abend.
Schnell laufe ich mit zitternden Knien und inzwischen klitschnassen Haaren zwischen den dunklen Nachbarhäusern zur Bushaltestelle.
Ich komme gerade rechtzeitig an und will in den Bus steigen, als ich plötzlich ein mittelgroßes Etwas gegenüber von uns, im Haus unserer alten, etwas durchgeknallten Nachbarin entdecke. Ich blinzle noch einmal und schaue mit zugekniffenen Augen noch genau hin, doch da ist nichts mehr. „Wird´s dann mal?“, lenkt der Busfahrer mich ab, und ich steige in den blau beleuchteten Bus, der rappelvoll ist. Wie gut, dass ich Anna habe, die ein paar Straßen weiter wohnt, jeden Morgen die zwei letzten Plätze abstaubt und für uns freihält.
Meine beste Freundin Anna begrüßt mich mit: „Was war das denn?“ Ich schiele noch einmal schnell zu unserem Nachbarhaus, als der Bus auch schon ins Rollen kommt. „Ach da war bloß ein Kaninchen“, rede ich Anna und mir selbst ein, um von dem schrecklichen Gedanken weg zu kommen, dass da gerade jemand eingebrochen sein könnte .
Wie ich mich auf die Osterferien in zwei Wochen freue: kein Stress am Morgen, ausschlafen ...
„Liz?“, reißt Anna mich aus meinen schönen Gedanken. „Wir müssen aussteigen. Was ist denn heute mit dir los?“
Den ganzen Schultag lang herrscht Unsicherheit wegen des Corona-Virus und eventueller Schulschließungen.
Die Lehrer kommen gestresst in unsere Klassen und geben uns Arbeitsaufträge für die nächsten zwei Wochen. Wir sollen zu Hause unser eigenes Homeoffice am Schreibtisch machen. Die

Pausen kommen uns viel zu kurz vor. Alle freuen sich auf die nächsten fünf Wochen schulfrei. „Stellt euch das vor, zwei Wochen nicht in die Schule gehen, wir können uns treffen, so viel wir wollen, und direkt im Anschluss sind die Osterferien." Meine Clique und ich freuen uns so auf das, was kommt.
Nach der Schule gehe ich mit zu Anna. Wir schleppen all die dicken Schulbücher mit unseren Händen, weil sie nicht mehr in die Ranzen passen. Unsere Schuldirektorin machte eine große Durchsage. Wir sollen alle Schulmaterialien mit nach Hause nehmen.
Wir verdrücken unser Mittagessen und gucken die Nachrichten. Da wird berichtet, dass wir erst einmal bis nach den Ferien keine Schule haben werden. Wir machen einen kleinen Spaziergang durch die Stadt zu der allerbesten Eisdiele, da das Wetter besser geworden ist.
Wir bestellen uns jede eine große Kugel Eis. Der Eisverkäufer verhält sich seltsam, schielt andauernd auf die Uhr und guckt uns wieder komisch an.
„Wollen wir noch eine kleine Runde um den Teich gehen?" Annas Idee ist super, und wir machen uns gleich auf den Weg.
Das Erdbeereis von Anna tropft auf ihren Hoodie. Ich muss so laut lachen, dass ich sie sofort damit anstecke. Wir essen unser Eis schnell. Mein Schokoladeneis schmeckt super lecker.
Auf dem Rückweg laufen wir an Restaurants, Klamottenläden, Eisdielen, Bäckereien und vielen anderen Geschäften vorbei. Anna und ich entscheiden uns für eine kleine Shoppingtour. Jetzt regnet es wieder. Wir sitzen mit einem heißen, dampfenden Kakao samt einem kleinen Sahnehäubchen oben drauf und ein paar gesunden Gemüsesnacks zusammen auf Annas Bett.
Wir lassen den Abend noch schön ausklingen, gucken noch unseren Lieblingsfilm und plündern Annas Süßigkeitenvorrat.

***

Die Sonnenstrahlen gucken durch den Rollladenschlitz und kitzeln meine Nase. Ich wache auf und will Anna wecken, als ich sehe, dass ihr Bett leer ist. Ich gehe leise die Treppe hinunter, in die Stube, aus der laut Radiomusik dudelt. „Guten Morgen“, trällert Anna mir zu und drückt mir eine heiße Schokolade in die Hand, mein Lieblingsgetränk. „Guten Morgen“, pfeife auch ich ihr zu. „Ich wusste doch, dass ich mich auf dich verlassen kann“, sage ich mit einem breiten Grinsen im Gesicht.
Das Frühstück von Anna mit warmen Brötchen, die sie frisch vom Bäcker geholt hat, Marmelade, Nuss-Nougat-Creme, Käse, Wurst und meiner heißen Schokolade ist der Hammer. Der perfekte Morgen, den man sich mit der besten Freundin vorstellen kann!
Den restlichen Tag hat es leider doch noch angefangen zu gewittern und heftig zu stürmen.
Gegen Abend, kurz nach dem Sonnenuntergang, den Anna und ich uns auf einer Bank im Park gemütlich angesehen haben, mache ich mich auf den Weg nach Hause. Ich wohne mit meiner Mutter und meinem Vater ein paar Siedlungen entfernt, in einem großen, verputzten Haus mit einem weitläufigen Garten und einem Holzwintergarten, in dem viele Blumen stehen. Hinter unserem Haus haben wir einen großen Pool und eine Holzterrasse.
Auf dem Weg nach Hause rufe ich meine Eltern an und frage, ob bei ihnen alles in Ordnung sei. Meine Eltern verstehen sich sehr gut mit denen von Anna, und sie sind gerade zu viert für ein Wochenende in Berlin.
Ich klingele bei meiner Nachbarin und hole unseren Schlüssel ab. Sie ist sehr gut gelaunt und fragt, ob ich mit ihr nicht noch eine Runde Karten spielen möchte.
Der Abend ist wunderschön. Als ich gerade den Schlüssel ins Schloss stecke, höre ich ein lautes Rascheln im Busch nebenan. Ich zucke zusammen, fahre herum und sehe eine schnelle Bewegung.

***

Da am nächsten Morgen gutes Wetter ist, nehme ich mir vor, joggen zu gehen. Ich klingele bei Anna, um sie zu fragen, ob sie mitkommen möchte. Doch als sie vorsichtig die Tür aufmacht und ich ins Haus blicken kann, sehe ich, dass diese Idee heute wohl nicht umgesetzt werden wird. „Sorry Liz, aber du siehst ja, was für eine Unordnung hier herrscht. Ich muss das bis morgen aufgeräumt haben, sonst flippen Mama und Papa aus“. Ich wundere mich, was für eine Sau sie denn hier reingelassen hat. Als hätte sie meine Gedanken lesen können, klärt sie mich sofort auf. Sie erzählt mir, dass sie, kurz nachdem ich gestern Abend gegangen war, glaubte, einen schwarzen Schatten im Garten gesehen zu haben. Doch als sie nachgeguckt hat, hat sie nichts gesehen und das später dann verdrängt.

„Ich habe mir noch eine Wärmflasche gemacht und einen Kakao vor dem Fernseher getrunken, bis ich eingeschlafen bin. Das wird wohl auch der Grund sein, warum ich heute Nacht nichts gehört habe, da der Fernseher die ganze Zeit lief. Heute Morgen bin ich hungrig in die Küche gegangen, um mir den Frühstückstisch in der Stube zu decken. Doch vor Schreck, wegen der ganzen Unordnung, ist mir der Orangensaft aus der Hand gefallen. In den Papieren von meiner Mutter wurde herumgekramt. Der Laptop lag offen und entsperrt auf ihrem Arbeitstisch in unserem Büro. Aber weg ist nichts, alles noch da.“ Das erzählte mir meine beste Freundin immer noch kreidebleich im Gesicht.

Also gehe ich nicht joggen, sondern helfe ihr, die Unordnung zu beseitigen. Wir sind fast fertig mit der Stube, da klingelt es. Anna verschafft sich einen Weg zur Tür und reißt die Tür mit so viel Schwung auf, dass ich sie halten muss. Es ist Jacco, der Onkel von Anna. Sie springt ihm sofort in die Arme: „Das Eis war super!“ Und mir fällt erst jetzt ein, dass er ja unser Eisverkäufer war, der sich gestern so komisch verhalten hat und sehr gestresst wirkte.

Er wollte sich etwas Mehl ausleihen, da er gerade einen Kuchen backe und zu wenig habe. Und er will wissen, warum Annas Eltern, Anke und Lukas, nicht da sind. Ich habe keine Ahnung, von wem er das überhaupt weiß. Auch Anna ist überrascht: „Na, die sind mit den Eltern von Liz in Berlin. Aber wann hatte ich dir erzählt, dass sie nicht da sind?“ Schnell errötet er und verabschiedet sich zackig.

Als er weg ist, frage ich mich, wieso er nichts zu diesem unmöglich unordentlichen Flur gesagt hat, obwohl er die volle Sicht darauf hatte? Leider habe ich es gerade laut ausgesprochen, und Anna guckt mich nun entsetzt an. Sie kann sich auf diese Frage allerdings auch keinen Reim machen.

Plötzlich ist es erstaunlich still im Raum. Anna senkt ihren Kopf und schaut in meine Richtung: „Liz, bist du böse auf mich, wenn ich dir erst jetzt sage, dass doch etwas Geliebtes von mir weggekommen ist?“ Sie schaut traurig und spricht kein Wort mehr. Entsetzt von der Neuigkeit springe ich auf. „Nein bin ich nicht. Warum sollte ich? Aber was fehlt denn?“

Sie erzählt mir von ihrer geliebten Uhr, die sie von ihrer Großmutter bekommen hatte, als sie vor drei Jahren gestorben ist. Die aber überhaupt nichts wert ist - nur für Anna. Sie hatte ihre Oma früher als kleines Kind immer um diese Uhr beneidet. Jetzt gehört sie ihr selbst. „Aber das heißt doch, dass der Täter gewusst haben muss, dass du sie liebst. Oder mache ich gerade einen Denkfehler?“, kombiniere ich die Erzählungen meiner Freundin. Das große Chaos im Haus haben wir beseitigt. Die verlorene Armbanduhr im Hinterkopf verstaut, verabschiede ich mich von Anna. Ich lasse sie allein und beschließe, nach diesem Gedankendurcheinander, doch noch die letzten Sonnenstunden zu nutzen und ein paar Runden um unseren großen Ententeich im Park zu laufen. Diese ganzen verrückten Dinge, die seit kurzem passieren, machen mich ganz wirr im Kopf.

Meine aufgebrachte Nachbarin kommt auf mich zu und erzählt mir mal wieder ihre Lebensgeschichte. Aber heute habe ich Zeit ihr zuzuhören, und heute ist doch tatsächlich etwas Neues dabei: „... Und dann hörte ich abends, als ich im Bett lag, ein klirrendes Geräusch, ging leise die Treppe runter und sah einen großen Schatten. Jetzt wollte ich gerade für einen Spaziergang meine

Armbanduhr umtun, die ich doch so liebe. Da merke ich, dass sie nicht mehr da ist. Ich denke mal, dass das gestern Abend ein Einbrecher war. Ich bin ja so froh, dass es nur meine Uhr erwischt hat und nichts anderes. Natürlich habe ich sofort die Polizei angerufen, die jetzt wegen mehrerer Fälle hier in der Gegend ermittelt."

Ich denke an gestern Morgen, als ich diesen düsteren Schatten sah. Und ich erinnere mich an meine Gedanken ´vielleicht war es ein Einbruch`.

Nach so einem langen Tag lege ich mich jetzt erst einmal in die Stube auf die Couch meiner Mutter. Die hat sie damals aus Ägypten mitgebracht, als sie Papa kennen gelernt hat. Ich schalte den Fernseher ein. Da überall die Nachrichten laufen, schalte ich ihn aber sofort wieder aus, schließe meine Augen und bin gerade dabei, einzuschlafen, als mein Handy klingelt. Es ist Anna.

„Hey Liz, schön, dass du dran bist", plappert sie sofort los. „Hast du die Nachrichten gesehen?" Ohne meine Antwort abzuwarten, redet sie auch schon weiter. Anscheinend ist es eine sehr wichtige Nachricht, denn so habe ich sie das letzte Mal vor drei Jahren erlebt, als ihre Großmutter starb. „Da sich das Corona-Virus immer weiter ausbreitet, hat die Bundeskanzlerin jetzt entschieden, eine Kontaktsperre zu verhängen."

Annas und mein Telefonat dauert nicht mehr lang. Ich lege mein Handy gerade weg, als lauter Nachrichten über die aktuelle Lage zum Corona-Virus aus dem Klassenchat eintreffen. Darunter auch eine SMS meiner Eltern:

" DU LIZ, WIR KOMMEN HEUTE SCHON. DU HAST ES SICHER MITBEKOMMEN. WIR MÜSSEN JETZT SO SCHNELL WIE MÖGLICH HIER WEG, BEVOR WIR HIER FESTSTECKEN. ES KÖNNTE ETWAS LÄNGER DAUERN, ALSO WARTE NICHT AUF UNS. GEHE SCHON INS BETT. WENN DU MÖCHTEST, SCHAUE DIR NOCH DEINE LIEBINGSSENDUNG AN.
MAMA & PAPA"

Natürlich werde ich auf sie warten. Langsam wird es dunkel. Ich schalte das Licht an und mache mir schnell noch einen Smoothie

und ein paar gesunde Snacks, schmeiße mich in meine Jogginghose, schnappe mir meine Kuscheldecke und mache es mir auf dem großen Sofa mit meiner Lieblingssendung gemütlich.
Jetzt ist es schon kurz vor zwölf Uhr. Meine Snacks und mein Smoothie sind leer. Eine leere Chipstüte liegt auch auf meinen Beinen. Meine Eltern sind immer noch nicht da. Ich hoffe nur, dass ihnen nichts passiert ist. Ich bringe diesen Gedanken gerade zu Ende, da höre ich eine Autotür leise zufallen. Ich springe auf, schiele durchs Fenster und stelle entsetzt fest, dass dort nicht meine Eltern ankommen, sondern ein düster dreinblickender Mann. Schnell ducke ich mich. Sofort frage ich mich, was er hier um diese  so späte Zeit tut. Erst jetzt bemerke ich, dass es Jacco ist und schaue noch einmal genauer hin.

***

Den nächsten Morgen verbringe ich mit meinen Eltern im Stadtpark. Wir picknicken auf der grünen Bank und haben uns jede Menge zu erzählen. Dass Annas Haus an der ganzen Einbruchsserie beteiligt ist, lasse ich lieber erst einmal weg.
Nach unserem Frühstück auf der Bank machen wir noch einen kleinen Spaziergang durch den Park. Wir treffen nicht einmal unsere außergewöhnliche Nachbarin, die hier doch sonst immer ihren Tag verbringt und anderen Leuten ihr Leben erzählt. Was für ein Glück.

***

Jetzt sind schon drei ganze Wochen vergangen. Die seltsamen Ereignisse haben nicht aufgehört. Meine Eltern kennen nun auch die ganze Geschichte, die sie verpasst haben.
Anna ruft an: „Hey du Liz, ich brauche dringend deine Hilfe. Jacco hat mich gerade angerufen. Er hat eine anonyme Nachricht bekommen:
"WENN DU NICHT NOCHMAL 3000 EURO ZAHLST, GIBT ES

KONSEQUENZEN.
ANONYMER HINWEIS"

„Was soll ich denn jetzt machen?“ Völlig aufgelöst erzählt sie mir, in was für einem Schlamassel ihr geliebter Onkel steckt.

Eigentlich wäre ich in so einer Situation sofort auf Annas Seite. Ich würde mich aufs Fahrrad schwingen und zu ihr fahren. Aber da das alles jetzt verboten ist, wird diese ganze Sache um einiges komplizierter.

„Was machen wir denn jetzt?“, frage auch ich. Ich erzähle ihr, dass ich Jacco an dem Abend, als meine Eltern wiederkamen, beobachtet hatte. Er hat sich ängstlich umgeblickt und einen großen Briefumschlag in den Blumentopf meiner Nachbarn gelegt.

„Ich habe mir nichts dabei gedacht und meine Serie weitergeschaut. Als aber wieder ein Auto auffuhr und es nicht meine Eltern waren, habe ich gestutzt. Ich habe einen alten Mann um die 60 Jahre beobachtet, wie er den Umschlag aus dem Blumenkasten herauszog und reingeguckte. Er war um die 1,85 Meter groß und hatte auffällige rote Sneaker an. Vielleicht war das das Erpressungsgeld. Die Frage ist, wofür?“ Ich bin ratlos. „Oder es war für etwas komplett anderes“, meldet sich nun auch Anna wieder zu Wort. Aber eigentlich sind wir uns beide ziemlich sicher, dass Annas Onkel Jacco erpresst wird. Auch wenn wir uns nicht ausmalen können, warum. „Ich kann mir echt nicht vorstellen, was er mit den ganzen krummen Dingen zu tun haben soll“. Dabei klingt Anna sicherer, als sie es gerade wirklich ist.

Nachdem wir unser Telefonat beendet haben, bittet Anna ihren Onkel, sich mit uns im Park zu treffen, wo wir ihm alles erzählen können, was wir wissen.

Nach einigem Überlegen erzählt er uns endlich alles und klärt uns auf. Dass er erpresst wird, und dass wir beide an dem Nachmittag, als wir uns ein Eis gekauft hatten, fast seine erste Geldübergabe gestört hätten. Jetzt macht alles Sinn, und wir überreden ihn, mit uns zum Polizeirevier zu gehen.

„Ohne die beiden hätte ich mich niemals getraut, der Polizei von der ganzen Sache zu erzählen und zu beichten, dass ich gezahlt habe“, erzählt Jacco dem Polizeichef. „Warum haben sie sich auf diese Erpressung eingelassen, Herr Lorenzo? Und was war der Grund, dass es überhaupt so weit kam?“, versuchte der zweite Polizist, der auf seinem Schreibtisch mit einem Stift spielte, die Lage zu ergründen. Jacco verstand diese Fragen, holte tief Luft und machte reinen Tisch. „Die Erpresser haben gedroht, meinen Eisladen zu überfallen oder sogar zu zertrümmern“. Jetzt verstanden wir plötzlich die ganze, merkwürdige Situation. Jacco kannte die Erpresser nicht, und sie hätten ihn ruiniert. Ich gebe noch schnell meine Personenbeschreibung ab, und wir gehen, jeder für sich,nach Hause.

***

Da Anna und ich uns jetzt immer noch nicht treffen können, führen wir fast jeden Tag ein Videotelefonat. Das macht echt viel Spaß. Unsere Schulaufgaben sind mittlerweile auch schon alle bearbeitet. Die Lehrer haben eine Internetseite eingerichtet, auf der wir uns jede Woche neue Aufgaben angucken und ausdrucken müssen. Manchmal machen wir mit unseren Lehrern und der ganzen Klasse eine Video-Konferenz wie heute.
Ich habe gerade aufgelegt, nachdem der Lehrer sich verabschiedet hat, als mich die Polizei anruft: „Wir haben den Täter an der Eisdiele auf frischer Tat ertappt und ihn vorübergehend festgenommen. Es stellte sich heraus, dass der Erpresser einmal ein guter Freund vom Bürgermeister war, bis sie sich über das Bürgermeisteramt gestritten haben. Daher wollte er alle Geschäfte und Einwohner verängstigen, um seinen alten Freund runterzumachen. Danke nochmal für eure Hilfe, ihr zwei! “ Der Polizist am Telefon verkündet nur gute Nachrichten, und Jacco ist auch nicht an etwas Kriminellem beteiligt gewesen. „Super, wir danken Ihnen“, sage ich und lege glücklich auf. Ich arbeite weiter an meinen neuen Schulaufgaben. Während dessen höre ich Radio. Es laufen gerade die Nachrichten, und ich will es ausschalten, doch meine Mutter stürmt plötzlich so schnell in mein Zimmer,

dass ich mich erschrecke. Sie meint: „Liz ich habe gute Nachrichten für dich. Annas Mutter und ich finden, ihr dürft euch wieder treffen, da die Erlaubnis für das Treffen mit einer Person eben in den Nachrichten durchgegeben wurde“. Das waren echt tolle Neuheiten von Mama und Anke. „Ehrlich Mama? Du bist die Beste“.
Direkt am nächsten Tag kommt Anna zu mir, es ist komisch. Wir haben uns über einen Monat nicht gesehen, und jetzt steht sie hier neben mir in meinem Zimmer. Abends machen wir direkt zwei neue Termine aus. Am Freitag schlafe ich bei Anna.

Merle Schürmann

# Coronazeit

Corona stellte sich für unsere kleine Familie „in Sachen Schule“ als Herausforderung dar.
Anfangs war unser neunjähriger Junge noch sehr motiviert und fing nach der Schulschließung schon am folgenden Wochenende mit seinen Aufgaben an. Doch die Lust, sie ausführlich zu bearbeiten, verging sehr schnell, wie folgendes Beispiel zeigt:
Die Kinder sollten ein Buch zu Ende lesen und Fragen dazu beantworten. Auf die Frage „möchtest du die Autorin gerne kennen lernen, und was würdest du sie fragen wollen?“ schrieb er nur „Nein“ und „nichts“.
Ich wollte ihn ermutigen, etwas mehr zu schreiben. Schließlich waren jeweils drei Zeilen dafür frei. „NEIN Mama! ICH möchte sie NICHT kennen lernen und auch NICHTS fragen! Verstehst du das nicht?“
Ich musste mich damit wohl abfinden, und Ausreden wie „meine Hände sind morgens noch zu müde“ waren auch nicht selten. Versuche, doch irgendwie einzugreifen, gingen nach hinten los. Der Füller und die Stifte flogen tief. Ich konnte noch immer rechtzeitig in Deckung gehen, aber unsere unschuldige Katze nicht. Sie suchte morgens, als „Schule“ anfing, dann immer das Weite.

Um ein bisschen Spaß in die Sache zu bringen, fingen wir auch ab und zu mit Musik und Sport an. Ich riss morgens die Gardinen auf und begann, zu singen und zu tanzen. Es folgte nur ein müdes Grinsen. Da ihm der Ausgleich „Sport“ anscheinend doch sehr fehlte, empfand ich den Tipp meiner Freundin, das Kind vorm Auto ein paar Kilometer laufen zu lassen (die Straßen waren ja leer), als gar keine schlechte Idee. Und schwimmen in der acht Grad kalten Ostsee machte er danach sogar freiwillig.
„Kunst“ habe ich auch mit eingebaut. Schließlich stand Ostern vor der Tür. Die Sonne schien so schön, und wir setzten uns an den Tisch nach draußen. Während ich fleißig Tonpapier schnitt und

klebte, also völlig vertieft in die Sache war, vermisste ich plötzlich mein Kind. Es lag unter dem Tisch und zählte Ameisen. Schnell holte ich die Matheaufgaben, denn da lagen wir auch immer drei Seiten am Tag zurück. Während bei mir von 523.521 Ameisen 349.167 an Ameisengift starben, überlebten bei ihm immer mehr. Meine Herren!
Damit er am Nachmittag beschäftigt war, während ich arbeitete, bat ich ihn, einige Texte fehlerfrei abzuschreiben. Pro Seite à 100 Wörter bekäme er auch fünf Euro. Ich konnte mich auf der Arbeit gar nicht konzentrieren, weil ich nur an meinen Geldbeutel dachte. Als ich nach Hause kam, brauchte ich mir aber um mein Geld keine Sorgen zu machen: es fehlten so einige Satzzeichen!
In den Ferien bekamen die Kinder von der Schule online „freiwillige“ Deutsch-, Mathe- und später auch noch Musikaufgaben. Unser Junge war total begeistert. Ich sah ihn öfters jetzt am Computer sitzen. Doch meine Freude darüber dauerte nicht lange. Denn anstatt fleißig zu lernen, übte er sich eifrig in Getreide anbauen am Farmworld-Simulator.
Zu Glück geht die Schule bald wieder los, und wir sind gespannt, was das neue Wort „Präsenzunterricht“ für uns bereithält. Die Wörter aus den vorherigen Jahren: "Wellness", "Bio" und "Nachhaltigkeit" gefielen mir persönlich besser.

Lieben Gruß, eine Mutter

PS... und apropos, was mir noch einfällt:
Sätze wie „Ich sage, Du schreibst!“ waren auch nicht schlecht.

Corina Schultz

# Coronageschichte

Januar/Februar 2020. Schlimme Geschichten aus China erreichen uns mehrmals täglich – sie sind in der Zeitung oder dem Internet zu lesen oder im Fernsehen zu sehen. Schlimm und erschreckend, aber weit weg. „Das kommt wohl nicht zu uns!“, sind unsere Gedanken. Aber das Virus kommt näher und näher. Was wird passieren? Wir wissen es nicht, und niemand von uns ahnt auch nur im Geringsten, in welcher Form es uns treffen wird. Als in China die ersten Städte „dicht“ gemacht werden, spinnen wir noch rum: „Das wäre bei uns ja gar nicht möglich! Stell dir mal vor, die machen Hamburg zu, keiner raus und keiner rein und so weiter und so fort. Allerdings wäre das bei uns auf der Insel ja ganz einfach, Schranke vor und gut!“ Wir hätten nie gedacht, dass das genau so kommen würde!
Und das Virus kommt näher! Am 16. März 2020 kommt die Schranke! Fehmarn und andere Inseln werden zugemacht, sind im Dornröschenschlaf, wie die Presse schreibt. Unvorstellbar! Nur wer auf Fehmarn wohnt oder arbeitet, darf herkommen. Wir Einheimischen dürfen zwar runter von der Insel, uns aber auch nicht mehr überall hinbegeben. Die Frage „Geht das überhaupt?“ macht sich breit. Heute wissen wir: „Ja, es geht!“
Mein Mann und ich sind Rentner. Wir kommen erstmal gut mit der Situation klar. Haben einen Garten, dürfen Fahrrad fahren und raus. Das ist Luxus pur! Wir genießen diese sagenhafte Ruhe auf der Insel, keiner von uns hat hier je so ein Frühjahr erlebt. Wie beeindruckender ist die Natur, wenn alles still ist. Wir sehen viele Dinge mit anderen Augen, viel bewusster, machen uns aber täglich um unsere Kinder und deren Arbeit Gedanken. Wann können sie und alle anderen wieder arbeiten, Geld verdienen? Wir kommen gut klar, aber all die Menschen, die völlig überfordert und hilflos sind! Mit unserer Tochter und unserem Enkel wird täglich per Videotelefonie Kontakt aufgenommen, unser Sohn kommt vorbei, und wir unterhalten uns draußen auf Abstand und mit Maske. Dank der modernen Medien und der

heutigen Technik haben wir viel mehr Kontakt mit unserer Verwandtschaft. Das genieße ich besonders. Nicht nur mal schnell eine SMS oder WhatsApp schreiben, nein, wir telefonieren viel, denn wir haben ja Zeit. Zeit und Ruhe, wie nie zuvor.
Für mich, die sehr viel ehrenamtliche Arbeit macht, wird es dann irgendwann doch zu ruhig! Keine Gottesdienste, kein Konfirmandenunterricht, kein Lesen in der Grundschule, keine Flüchtlingsarbeit, keine Vorstandsarbeit, und, und, und! Unserem Nachbarn bringe ich ab und zu mal ein Stück selbst gebackenen Kuchen. Mit einer älteren Dame telefoniere ich öfter. Frage nach, ob was zu erledigen ist. Aber das reicht mir nicht.
Erst baue ich mit Hilfe der Konfirmanden einen Einkaufsservice auf, für Menschen, die jetzt auf Hilfe angewiesen sind. Das ist aber noch immer nicht genug für mich. Dann habe ich zum Glück eine Idee, die ich schnell und praktisch umsetze. Wenn ich nirgends zum Lesen hingehen kann, dann lese ich für die Kinder und stelle die Geschichten auf Facebook.
Am 30. März beginne ich die Kinderbibel vorzulesen, jeden Tag zehn bis fünfzehn Minuten. Ich lese Geschichten über die Arche Noah, Gott, Abraham und viele andere.
Alles sehr einfach: mit dem Handy aufnehmen und ins Netz stellen. Das ist zwar sehr laienhaft, aber die Kinder können zuhören und haben wieder ein bisschen Abwechslung in dieser ungewöhnlichen Zeit. Das macht mir viel Freude. Inzwischen habe ich pausiert, werde aber im Herbst weitermachen. Denn die Bibel hat noch viele Geschichten zu erzählen.

Weiterhin hören wir täglich mehrmals schlimme Geschichten, die nun auch „bei uns“ passieren. Hier auf Fehmarn sind wir relativ sicher. Es gibt nur sehr wenige Menschen, die sich mit dem Coronavirus infizieren und krank werden. Wir können uns selbst gut schützen und haben fast keinen Kontakt zu anderen Menschen. Und immer wieder sagen wir, wie gut wir es haben in dieser Zeit, wo es vielen Menschen nicht gut geht.
Zwei größere Familienfeiern mussten abgesagt bzw. verschoben

werden, aber das ist nicht schlimm. Alle Familienmitglieder sind bis jetzt gesund geblieben. Dafür sind wir sehr dankbar.
Inzwischen besuchen wir unsere Tochter und Familie wieder und haben auch mit Freunden im kleinen Kreis zusammengesessen. Das genieße ich jetzt viel mehr als zuvor. Die ersten Umarmungen sind gut für die Seele. Und unsere Tochter sagt immer wieder: „Freut euch, dass wir uns Dank der heutigen technischen Möglichkeiten täglich sehen und sprechen konnten!" Wie recht sie hat. Wir sind gut durch die Krise gekommen und haben keinen Grund zu klagen.
So langsam kehrt vieles zurück: es gibt wieder Gottesdienste, ich kann wieder als Vorleserin lesen, wir können Besuch empfangen und andere Menschen besuchen. Corona wird uns auch die nächsten Jahre begleiten, aber ich denke, wir lernen, immer besser damit umzugehen. Man muss sehr viel Eigenverantwortung beweisen und vorsichtig sein. Und so hoffen wir, dass wir auch weiterhin gesund bleiben.
Oktober 2020. Seit einigen Tagen bleibt auch Fehmarn nicht ganz verschont von der erneut stark steigenden Zahl von Infektionen. Wir hoffen, dass wir alle auch im vor uns liegenden Winter gesund bleiben.
Dankbar bleiben wir dafür, dass wir hier auf unserer schönen Insel leben!

Gesine Hansen

# Zurzeit sind „Superlative out"?

Es geht nicht darum im Leben,
nur immer Superlative anzustreben:
Höher, weiter, gigantischer und toller,
den Geldbeutel bitte möglichst voller und voller.
Gerade jetzt wieder neu gelernt - in Coronazeiten -
sollte ein großes, offenes Herz,
uns alle stets Schritt um Schritt begleiten!

In Mitmenschlichkeit, Eintracht, Aufrichtigkeit,
auch mal Verzicht,

liegen auch mit achtsamer Sicht
unsere unschätzbaren Wertigkeiten –
können und werden so unseren Seelen
inneren Frieden und neue Hoffnung bereiten.

Es lohnt sich besonders für Flora und Fauna zu kämpfen,
um negative Umwelteinflüsse zu dämpfen,
um Co2- und andere Belastungen effizient zu mindern,
mit allen Mitteln eine düstere Zukunft zu verhindern.

Das schulden wir der Schöpfung und unseren
Nachkommen,
damit den Kindern und Kindeskindern die Zukunft nicht wird
genommen.

Ingrid Witt

## Liebesglück in diesen Zeiten

Hab dich in mein Herz geschlossen,
doch umarmen darf ich dich,
hat man höheren Orts beschlossen,
leider nicht – wie ärgerlich.

Wie gerne würd ich dich umarmen,
hätt dich fest ans Herz gedrückt.
Doch die Zeit kennt kein Erbarmen,
ach, was ist die Welt verrückt.

Bleibt uns nur, brav abzuwarten.
Jeder hofft, das geht vorbei,
um ins neue Glück zu starten.
Unter vielen sind wir zwei.

Helmut H. Krüger

## Anregung

Wenn keiner keucht und keiner hustet,
und niemand in die Welt rein prustet,
dann könnt´, nach eigenem Ermessen,
die Maske man schon mal vergessen.

Helmut H. Krüger

## Vom Virus

Johnson, Trump und Bolzonaro
sehen leider die Gefahr so
wie sie nur die Deppen sehen,
lassen viel zu viel gescheh´n,
was nur ihren Völkern schadet.

Andrerseits, bei uns da badet
im Erfolg, die´s richtig machte.
Was Corona Schlimmes brachte,
hat sie schnell und ungehemmt
sehr erfolgreich eingedämmt.

Wenn ich an die Deppen denk,
dann ist Angie ein Geschenk.

Helmut H. Krüger

# Die Zeiten haben sich geändert?

„Die Zeiten haben sich geändert, es herrscht Ausnahmezustand!“, höre ich meine Mitmenschen in der letzten Zeit immer wieder sagen. Noch wenige Monate zuvor hatte ich mich auf das Ende des Winters gefreut und mich innerlich auf lange, schöne Sonnentage vorbereitet, in denen sich mein Leben draußen an der frischen Luft, unter blauem Himmel und strahlender Sonne abspielen sollte. In einem schönen Straßen-Café eine Latte Macchiato genießen oder am Strand das emsige Treiben von Badefreuden verfolgen, das war so meine Vorstellung. Doch nun schien innerhalb von wenigen Wochen die ganze Welt aus den Fugen geraten zu sein, und blitzschnell schien Einigkeit darüber zu bestehen, dass ebenso blitzschnell sich ein Killervirus aus China, auf unserem gesamten Globus breit machen und die Menschheit dahinraffen wird. Man fühlte sich wie in einem dieser alten Science-Fiction Filme. So zumindest wirkten die neuesten Nachrichten auf mich. Panisch wurde und wird versucht, sich vor diesem mörderischen Feind zu schützen. Man versteckt sich in seinen Wohnungen, setzt Gesichtsmasken auf und für einen an nichts Böses denkenden Mensch blieb gar keine Zeit, sich ein umfassendes Bild von diesem Horror zu machen. Egal, welchen Sender man einstellte, egal, welcher Artikel in der Zeitung gelesen wurde und egal, was das Internet hergab, die Botschaft war und ist überall die Gleiche: Gefahr, gefährlich, gefährlicher. Und ganz wichtig: Maske tragen! Vielleicht sollen die Killerviren damit irritiert werden, weil sie Masken tragende Menschen nicht als potenzielle Todesopfer erkennen können? Die Sicherheit, in der uns Politiker und Virologen mit dem Tragen von einem Stück Gewebe vor Nase und Mund wiegen wollen, steht für mich im Widerspruch zu ihrer nahezu zeitgleichen Ansage, dass die herkömmlichen Gesichtsverkleidungen virendurchlässig sind. Später wurde dann behauptet, dass sie ja nicht zum Schutz des Trägers, sondern seines Gegenübers wirken sollen. Hmmm, also scheinen mir die Masken nutzlos, weil sie die bösartigen Viren in eine Richtung doch durchlassen. Am besten wird es wohl sein, denke ich ängstlich, zwei Masken aufzusetzen, eine richtig und eine falsch herum. Dann müsste die ganze Maskerade ja wohl in beiden Richtungen gegen die kleinen Killer wirkungsvoll sein??? Ja, ich vermisse einfach die Logik unserer Regelmacher, die mir ihre Maßnahmen nachvollziehbar und plausibel erklären und zwar, bevor sie mir eröffnen, welche Ordnungsstrafe mich erwartet, wenn ich mich nicht an ihre Regeln halte. Natürlich würde ich mich auch gerne eingliedern in die Reihe derer, die ihr Verhalten auf Pandemie umstellen, um Schlimmes zu verhindern. Und es fehlt mir an Informationen, um selbst zu einer stabilen Einschätzung der Lage zu kommen. Wozu leben wir in einer digitalisierten Welt, in der Information doch sekundenschnell und auf Knopfdruck verfügbar sind? Wohin ich sehe, Angst und Panik und schlaue Semivirologen, deren Aussagen eine Halbwertzeit von sechs Stunden nicht übersteigt. Ich versuche, mich zu beruhigen und googele nach Grippetoten der letzten Jahre. Aber womit soll ich sie in Bezug setzen? Influenza-Birnen mit Corona-Äpfeln vergleichen machen doch schon die Nachrichten, und genau das möchte ich vermeiden. Gibt es Grenzen bei der Informationsbeschaffung, wenn es um etwas Neues geht? Wahrscheinlich, und ich lese weiter. Betroffene können nicht mehr atmen. Dragon macht ganz neue Masken, und engagierte Bürger nähen im 24/7 Rhythmus Masken für die inzwischen lahm gelegte Republik. Mich erinnert das irgendwie an die fleißigen Trümmerfrauen nach dem Zweiten Weltkrieg. Die USA bestellt Millionen von Masken in Deutschland und die Bundesrepublik 10.000 Beatmungsgeräte bei Dragon. Zeitgleich wird veröffentlicht, dass nur 20 Prozent der Menschen, die an einem Beatmungsgerät angeschlossen waren, überleben. Also 8000 Corona-Tote, die sich vor vier Wochen noch voller Hoffnung an diese Geräte haben anschließen lassen. Und es gibt angeblich nicht genug davon in diesem Land, weltweit schon gar nicht. Ein paar Wochen später wird dieser Auftrag von Herrn Stonemiller persönlich wieder reduziert, nachdem er sich noch kurz vorher die Dragon-

Fertigung hat zeigen lassen und Lobeshymnen auf diese Firma angestimmt hat. Hat seine Dragon-Werksbesichtigung das große Vertrauen in die Beatmungsgeräte doch geschmälert? Oder ist die Pandemie gar nicht so schlimm wie angenommen? Oder sind Beatmungsgeräte grundsätzlich die falsche Waffe? Fragen über Fragen. Die Schulen sind geschlossen, Kindergärten auch. Das scheint nicht mehr so wichtig zu sein, denn schließlich hat die Verhinderung der Ausrottung der Menschheit erste Priorität. Was sollen Kinder und Jugendliche jetzt auch noch lernen müssen, in dieser Zeit, in der die ganze Welt vom Aussterben bedroht ist? Kommt mir wie eine Henkersmahlzeit vor, die junge Menschen vor ihrem Ableben noch einmal genießen sollen. Ganz Fehmarn hat schulfrei, kein Kind geht zur Schule oder in den Kindergarten. Früher wäre das ein Grund zur Freude gewesen, heute ist das nicht mehr so. Eltern sind gezwungen, die Kleinen in ihre Kinderzimmer einzusperren, und die große Politik ist dazu vermaledeit, Spielplätze mit rot-weißem Flatterband zu Tabuzonen zu erklären. Natürlich werden gerne auch Bußgelder bei Spielplatzgrenzüberschreitung angedroht. Also doch keine Henkersmahlzeit für Kinder und Jugendliche. Zusätzlich erlegt die Politik ihren Bürgern die Einhaltung von mindestens 1,5 Metern Sicherheitsabstand auf. Wahrscheinlich haben Virologen herausgefunden, dass die Sars-Viren kurzsichtig sind und nicht weiter als 1,5 Meter gucken können. Zumindest, wenn sie keine Brille aufhaben. Ja, die Zeiten haben sich geändert!

Aber es gibt auch Andersdenkende! Sie werden zwar als Verschwörungstheoretiker denunziert, aber sie haben wenigstens gute Erklärungen. Die Theorien dieser bösen Menschen kann ich nachvollziehen, und sie klingen für mein Verständnis plausibel und durchaus logisch. Ich lese nächtelang im größten Datenpool, den uns die digitalisierte Welt beschert hat, und versuche noch mehr über die Verschwörungs-Autoren herauszubekommen. Leider ist auch hier die Enttäuschung groß! Zu viele Schreiberlinge stecken dahinter, die offensichtlich den Untergang der Erde dazu nutzen, ihre braune, faschistisch gewürzte Nazi-Suppe

dem verunsicherten Bürger schmackhaft machen zu wollen. Vielleicht lassen sich auf diese Art und Weise Sympathisanten finden, die sie im Leben vor der Pandemie nicht gewinnen konnten. Also doch keine Hoffnung ... und schon gar nicht für mich, einem über-50-jährigen Raucher mit Übergewicht. Ja, die Zeiten haben sich geändert!
Inzwischen träume ich regelmäßig von den Killerviren. Alarm, Alarm ruft das limbische System, das Immunsystem beginnt zu kippen. In meinen Träumen bin ich mir sicher, jetzt ist die Infektion mit dem Stachelvirus und damit Tod vorprogrammiert, ähnlich so, wie bei den unzähligen anderen Männergrippen, die ich in meinem Leben schon durchmachen musste. Bloß das hier jetzt ist um Zehnerpotenzen schlimmer. Die Vorstellung, vielleicht schon morgen als namenlose Zahl in einer nicht enden wollenden Liste von Corona-Toten zu stehen, ist Angst einflößend. Habe ich nicht schon letzte Woche so komisch gehustet, waren das wohl schon erste Warnzeichen? Ja genau, das Husten-Bonbon hatte geholfen, aber habe ich mir da vielleicht nur etwas vorgemacht? Natürlich! Die aktuellen Corona-Nachrichten im März öffneten mir langsam die Augen vor dieser ungeheuerlichen Wahrheit, und ich war entsetzt. „Hilfe, Hilfe!" schrien meine Gedanken, „SOS" – dreimal kurz, dreimal lang, dreimal kurz. Die Apokalypse ist eingeleitet und nimmt ihren Lauf. Unaufhaltsam eroberte sie sich meine komplette Gedankenwelt. Ein Gehirnfurz wurde schlimmer als der nächste, ich lag quasi im Koma. Jetzt wartete ich nur noch auf das helle Licht, das mir den Weg in eine neue Ebene weisen sollte. Wann kommen die Engel, die mich auf die Wolke ziehen, auf der ich mich zukünftig gemütlich einzurichten hätte? Oder kommt nur der Gevatter und tackert mir Flügel an, und ich soll womöglich auch noch selbst fliegen? Oder komme ich doch dahin, wo es so heiß ist, dafür aber die besten Partys abgehen sollen? Ich sagte nichts mehr, Freunde wissen, wie schwer mir das fällt, und wartete nur noch ab. Und dann ein paar Träume später kam er dann tatsächlich - der Engel. Aber es war anders, als ich es mir vorgestellt hatte. Zuerst dachte

ich, er würde mir, bevor ich ins helle Licht darf, eine Liste meiner irdischen Verfehlungen vorlesen. Darauf bin ich schon seit langem mit den notwendigen Erklärungen vorbereitet. Aber statt diese mit mir zu diskutieren, entrollte er eine Art Papyrus. War das meine Sündenliste? So lang? Das konnte nicht sein! Und es waren auch keine Buchstaben darauf zu sehen, zumindest nichts für mich Lesbares. Stattdessen erkannte ich so etwas wie ägyptische Hieroglyphen oder germanische Runen, die wie bunte, aber blasse Blumen aussahen. Ist das die göttliche Schrift?, fragte ich mich. Statt mit erhobenem Zeigfinger mir nun meine Lebensbilanz vorzuhalten, sah mich der Engel vollkommen vorwurfsfrei an und wies mit einem verheißungsvollen Blick auf das Papier. Er riss ein Ende von der Rolle ab, hielt es sich mit einer wischenden Bewegung an den Steiß, gab es mir und verschwand so, wie er gekommen war. Noch während ich ungläubig auf das perforierte Papier starrte, verstand ich langsam, was er mir eigentlich hatte sagen wollen. War doch klar, ich sollte Klopapier kaufen. Und die vermeintlichen Hieroglyphen waren keine Blumen, sondern lauter kleine Bildchen von Fettucine, Farfalle, Bucatini und Spaghetti. Sofort vergaß ich meine Niedergeschlagenheit, die mir eben noch tief in den Knochen saß, holte den Wagen aus der Garage, kuppelte den Hänger an und fuhr direkt zum nächsten Supermarkt. Fast eine Stunde mussten die Leute hinter mir an der Kasse warten. Aber das war mir egal, mich konnte ja keiner erkennen - wegen der Maske. Auf dem Heimweg ging es mir schon deutlich besser. Zuhause angekommen parkte ich den Wagen samt Hänger direkt vorm Haus und wartete bis zum Einbruch der Dunkelheit. Als endlich die Straßenlaternen ausgingen, schlich ich leise an mein Auto und löschte unerkannt meine kostbare Ladung. Es wäre ein Leichtes gewesen, mit dieser Menge Klopapier so viel Pappmaché herzustellen, dass ich damit den Eiffelturm von Paris in Originalgröße hätte nachbauen können. Zudem war ja auch noch eine Online-Bestellung von vier Paletten bei Ibäh offen ...

Am nächsten Tag arbeitete ich dann meine persönliche Corona-

Strategie aus. Eigentlich hätte ich im Homeoffice meinem Job nachgehen müssen. Aber meine Gedanken waren nur noch auf Corona fixiert. Die Kontrollanrufe meines Arbeitgebers nahm ich natürlich trotzdem an. Bei diesen Anrufen ging es immer nur darum, zu erklären, dass das aktuelle Projekt wegen erhöhtem Druck von Kundenseite von meinen Mitarbeitern schneller erledigt werden müsse und insgesamt die wirtschaftliche Lage sehr angespannt sei. Wenn das so weiterginge, könnten das Quartalsziel und die damit verbundene Wachstumsrate nicht mehr erreicht werden, was höchstwahrscheinlich zu Kurzarbeit oder gar Kündigung führe. Bla, bla, bla, die Texte konnte ich schon mitsingen. Ich tat natürlich jedes Mal so, als ob ich diese Befürchtungen teilen würde. ‚Leveling' nennt man so etwas. Meine Standardkommentare, wie „Ja, das wäre eine Katastrophe!" oder „Um Himmels willen, da müssen wir jetzt ganz schnell gegensteuern!" oder „Soll ich Ihnen einen Plan B ausarbeiten?" halfen meistens, um ihn zu beruhigen. Beendet wurden diese Gespräche fast immer mit einem „Danke für die Offenheit, mit der Sie mich über die wirkliche Lage informiert haben und Ihr Vertrauen." Dann legte er auf, und ich konnte mich wieder meinen privaten Angelegenheiten widmen. Als Führungskraft hatte ich es gelernt, Mitarbeiter mit schillernden Visionen auf den rechten Holzweg zu führen, und das funktionierte bei meinem Chef auch. Nach einem solchen Gespräch pflegte ich mir meistens einen Milchkaffee in meinem Homeoffice zu machen, die Küche war ja gleich nebenan. Und ich war froh, einen guten Kaffee aus einem guten Säckel-Kaffeeautomaten brauen zu können, das war im Gegensatz zu Großraum-Büro-Zeiten vor der Pandemie ein deutlicher Fortschritt. Vor der Corona-Homeoffice-Regelung gab es immer Schlangen von mindestens fünf Personen vor einer vor Schmutz strotzenden, Filterkaffee-Maschine oder einem bakteriell verseuchten Münzkaffeeautomaten. Jetzt, seit dem Homeoffice, habe ich sogar einen mit Eifoorz 111 kompatiblen Automaten, der mithilfe eines QR-Codes auf dem Boden meines Kaffeebechers die personalisierte Milchmenge einmischt.

Ab Version EiOhDrink 27.45 wird die Espresso-Stärke sogar meinem Blutdruck angepasst, der automatisch per Bluetooth vom Kaffeeautomaten ausgelesen wird. Und am Quartalsende bekomme ich automatisch ein Worksheet, das die Relation von Koffein und BIT in einer Kuchengrafik darstellt. Ein echter Fortschritt der Digitalisierung, den es vor Corona einfach nicht gab. Während des Kontroll-Telefonates mit meinem Chef lief der Corona-News-Ticker auf meinem Tablet, und ich konnte aus den Augenwinkeln erkennen, dass nun endlich die Corona-App gesetzlich vorgeschrieben wurde. Ich hatte sie bereits als Beta-Version seit dem letzten Firmen-Update auf meinem digitalen Arbeits-Equipment und war froh, dass nun endlich ein Stück mehr Normalität in mein Privatleben einkehren sollte. Und genau das erinnerte mich auch wieder sowohl an meine Engelerscheinung, als auch an meine persönliche Corona-Strategie, an der ich heute arbeiten wollte. Im Vergleich zu den letzten Wochen war ich zwar immer noch ein bisschen ängstlich, aber auch deutlich ruhiger, was ich auf die klugen Maßnahmen unserer Politiker in Deutschland, Europa und eigentlich der ganzen Welt zurückgeführt habe. Angst gehört einfach dazu, sonst wären es ja auch keine klugen Politiker. Trotzdem machten mir die täglich aktualisierten Statistiken vom Rudi-Klick-Institut und auch die landeseigenen Meldungen immer noch ein wenig Sorgen. Die Gefahr ist längst noch nicht vorbei, das sollte keiner glauben. Aber die kompetenten Maßnahmen unserer gewählten Politlenker greifen doch so, dass ich glaube, wir sind auf dem richtigen Weg. Und ich möchte mit meiner Strategie dazu beitragen, dass dieser Weg einfacher gestaltet werden kann. Meine Idee ist die Folgende: Das viele Klopapier, das ich ja gar nicht komplett für seine originäre Bestimmung verbrauchen kann, wird tatsächlich dazu benutzt, Papp-Maché herzustellen. Natürlich nicht für den Nachbau des Eiffelturms! Nein, es sollen Kugeln davon gebaut werden. Kugeln, so groß wie Kürbisse, aber mit einem Hohlraum in der Mitte. Auf die fertigen Kugeln werden dann die Nudeln, auf die der Engel hingewiesen hat, aufgeklebt. Eine genaue Bauanleitung werde ich noch auf meinen DIY-Kanal stellen. Wenn ihr euch jetzt diesen kürbisgroßen Papp-maché-Ball mit den aufgeklebten Nudeln vorstellt, die wie Stacheln an dem Ball kleben, an was müsst ihr dann sofort denken? Genau! Es ist ein Leergehäuse für eine Drohne, die wie ein übergroßes Corona-Virus aussieht. Und in den Bauch dieses Corona-Modells wird ein EiFoorz 111 gesteckt. Nun kann die Drohne, vom Homeoffice aus gesteuert, über das ganze Land fliegen und die Corona-Daten von den Menschen sammeln. Alle Daten werden direkt an die Krankenkassen, das Rudi-Klick-Institut, zu allen oder den meisten Politikern und sonstigen Trumpeln, zu Pharma-Konzernen, wie z.B. GigaSoft, gesendet werden, die gerade an geeigneten Impfstoffen arbeiten. So können jene genau beobachten, wie sich das Killervirus verbreitet und geeignete, neue Corona-Maßnahmen erfinden. Natürlich werden auch die Polizei und alle Ordnungsämter mit diesen Daten versorgt. Sollte sich jetzt ein Dauer-Camper an der geschlossenen Tür einer Camping-Platz-Waschhauses zu schaffen machen, gibt es nicht nur sofort Alarm! Noch bevor er wieder zurück in seinem Zelt ist, ist die gerechte Ordnungsstrafe schon von seinem Konto abgebucht. Wer bei der Überquerung der Straße weniger als 1,5 Meter Abstand hält, wird sofort registriert. Für besonders schwere Verstöße wird überall auf öffentlichen Plätzen eine Art Public Viewing eingerichtet. So können diese problemlos veröffentlicht und jedermann zugänglich gemacht werden. Als abschreckendes Beispiel sozusagen! Der digitale Pranger 4.0 ist natürlich nicht preisgünstiger als das alte mittelalterliche Holzmodell oder später die gelben Sterne an den Revers der definierten Feinde. Aber nur kurzsichtig betrachtet! Er schafft nämlich schon sehr bald Arbeitsplätze und steigert das Bruttosozialprodukt. Schon nach drei Jahren hat sich die Anschaffung amortisiert, denn Public-Viewing in Corona-Zeiten ist nicht etwa kostenlos. Da fallen für jeden Bürger auch PV-Steuern an. Die Eintrittsgelder werden online abgebucht, das macht alles die Corona App! Und wer sich einmal im polizeilichen Führungszeugnis eines Coronaregelbrechers umsehen möchte, muss natürlich extra bezahlen. Ja, die Zeiten haben sich geändert. Natürlich ist jede Krankheit schlimm und besonders die Krankheiten, die unweigerlich zum Tode führen. Und die Menschen, die es betrifft, erleiden unsägliches Leid. Dabei spielt es keine Rolle, ob ein Killervirus direkt oder nur mithilfe von Vorerkrankungen tödlich wirkt. „Wir müssen alle einmal sterben“ ist genauso eine Farce und kein Trost, wie es Fakt ist, dass das Verbreiten von Angst und Hass ein historisch erprobtes Mittel zur Etablierung von massenhaft anerkannten Feindbildern ist. Hass auf Andersdenkende und Angst machen blind und erzeugen noch mehr Leid. Ja, vielleicht haben sich die Zeiten verändert?

Matthias Offner

# Corona Demo

Wunderbar, die große Freiheit
und das Recht zu demonstrieren.
Auch die übertriebne Angst,
dieses Grundrecht zu verlieren.

Und so folgt man frohgemut
Rattenfängern auf die Straßen.
Dieses eingeschränkte Recht,
ist nun mal kein Grund zu spaßen.

Und so streit' ich für das Grundrecht,
denn ich will es nicht verlieren.
Wenn sich jeder angesteckt -
ist es aus mit Demonstrieren.

Helmut H. Krüger

# Es ist (fast) wie immer

Die Hummeln brummen,
die Fliegen summen,
und Karl, der Käfer, kreucht umher
so mannigfach, ich zähl nicht mehr.

Die Tauben girren,
die Spatzen schwirren
und tschilpen ohne Unterlass,
da macht mir Nichtstun richtig Spaß.

Die Oper tabu,
der Konzertsaal zu,
Vielstimmigkeit aus Strauch und Bäumen
ist jetzt die Sinfonie zum Träumen.

Narzissen prahlen
mit Sonnenstrahlen
um die Wette, wer schöner sei,
ich mittendrin und voll dabei.

Wohliges Gefühl
– ohne Stadtgewühl –,
ich finde diese Ruhe schön,
doch wie mag's andern Menschen gehn?

Von oben diktiert
in Wände geviert
verbannt, ohne Draußen zu haben?
Ich kann mich an so Vielem laben:

die Blumen schauen,
Hochbeete bauen
oder auch am einsamen Strand
laufen durch den lauwarmen Sand.

Aber wie lange noch?
Vielleicht kommt es doch
schleichend über Zaun und Mauern
– werde ich es überdauern?

Komisch ist es schon,
Schicksal oder Hohn:
ich fand am Morgen in meinem Haus
eine tief schlafende Fledermaus.

Gaby Reimers

# Der letzte Gulasch 2030

Heute ist mein letzter Tag. Ich bin nun seit über siebzig Jahren hier auf Fehmarn, und eigentlich wäre ich auch gerne länger geblieben.
Wenn es nach der neuen Regierung ginge, wäre ich bereits vor sieben Jahren über den Jordan gegangen. Natürlich haben die jungen Regierenden heute andere Worte dafür und wissen sowieso nicht mehr, was eigentlich damit gemeint war, wenn einer sagte „über den Jordan gehen“. In meinen jungen Jahren war diese Redewendung ein bisschen abfällig für „sterben“, aber eigentlich sind die alten Israeliten aus der Wüste über den Jordan ins Gelobte Land eingezogen. Die Bibeldeuter meinten, dass dies den Übergang ins Himmelreich symbolisiert. Heute haben wir keine Religion mehr. Wir haben eine Weltregierung, die uns freistellt, woran wir glauben, solange irgendjemand daran etwas verdienen kann. Nur: Verdienen kann heute kaum mehr einer etwas. Mühsam beackern wir verseuchte Felder, züchten verkrebste Hühner, die wir dann, wenn sie groß genug sind, köpfen, um uns mit ihrem kranken Fleisch am Leben zu halten. Na ja, also ich tu das nicht, aber die Nachbarn tun es. Die neuen Entgiftungsmittel kann sich hier keiner mehr leisten, und die Jungen sind längst in die großen Städte geflohen.

Vor sieben Jahren zitierte man mich, so wie alle Bürger meines Alters, in die Halle des Übergangs. Dort wollte man mir zu sanfter Musik die Injektion der Freiheit verpassen, so sehen es die neuen Gesetze vor. Aber ich war frei und wollte nicht freier sein. Der junge Pfleger und Staatsdiener sollte gemäß den Freisetzungsrichtlinien meinen letzten Essens- und Musikwunsch erfüllen. Ich wollte den Gulasch mit Ingwerpflaume, aber noch viel mehr wollte ich weiterleben. Also habe ich ihm den wirklich gut duftenden Teller um die Ohren gehauen, ihm mit der Spritze der Freiheit gedroht und bin durch die Tür geflohen, die er versehentlich offen gelassen hatte. Es war ein ganz junger Pfleger, und ich denke, er war aufgrund der damalig häufigen Berichte der staatlichen Medien einfach eingeschüchtert. Täglich gingen Berichte über den Screen, die von aufmüpfigen Antifreiheitskämpfern der hohen Altersgruppen handelten: angeblich gewalttätige Demonstrationen, Übergriffe auf junge Lebensmittelverteiler, Bomben in den Hallen des Übergangs. Ich denke, der junge Mann hatte einfach Angst und vorsichtshalber die Hintertür offengelassen. Da bin ich fix raus.

Die wirkliche Freiheit hatte ich an der Seite von Jakob, meinem Mann, dem Ingenieur, der für einen großen Haushaltsgerätehersteller arbeitete, sein ganzes kurzes Leben lang.

Ach Jakob, dein Foto steht hier vor mir, wie du stolz vor einem wirklich großen Kühlschrank stehst. Lässig lehnst du dich an dieses weiße Ungetüm und lachst in die Kamera. Ich habe es gerettet, das Foto von dir, und auch die vielen Kühlgeräte, die du immer um dich versammelt hast, habe ich gerettet. Und sie haben mich gerettet.
Dabei warst du überhaupt kein kühler Typ. Nein, ganz im Gegenteil. Warmherzig warst du und liebevoll, den ganzen Tag hattest du immer einen Grund zum Lachen.

Ich gehe jetzt zu einer von deinen sieben Kühltruhen und hole die letzte Schweinelende heraus. Es ist die letzte Kühltruhe, die ich noch am Laufen habe. Die anderen sechs Kühltruhen, die du heimlich in dem baufälligen Schuppen unseres kleinen Inselgrundstücks versteckt hast, habe ich über die letzten sieben Jahre leer gefuttert. Du wärst stolz auf mich, wie sparsam ich war. Weniger als eine Kühltruhe pro Jahr habe ich geleert. Und doch hatte ich, ob deiner klugen Voraussicht, jede Woche etwas Fleisch und pürierte Gemüsesuppe. Und unsere Hühner sind gesund und fruchtbar. Ich habe seit deinem Tod keines mehr getötet, und dafür haben sie mich mit ihren Eiern am Leben gehalten.

Es ist ein sonniger Tag heute, und ich war mittags noch mal am Meer. Ich habe auf die trübe Suppe nicht so ganz genau geblickt,

so wie du es getan hättest. Ich habe die Augen zusammengekniffen und mich erinnert, wie das Meer aussah, als wir das kleine Häuschen auf unserer Insel gekauft haben. Damals in den frühen 2000ern war das Meer noch graublau und spielte im Wind mit salziger Gischt, warf Surfer von ihren Brettern und glitzerte im Sonnenlicht. Wir waren nicht mehr ganz jung, aber soo verliebt: in uns, in die Welt, ins Meer, in diese herrlich langweilige Insel, ins Leben.
Damals habe ich angefangen, die Pflaumen in Ingwersud einzulegen, und auch die letzten von ihnen habe ich gestern Abend aus der übrig gebliebenen Truhe herausgenommen und aufgetaut.
In unserem ersten Jahr dort habe ich auch diesen kleinen Kräutergarten angelegt, der uns so viele genüssliche Grillabende ermöglicht hat. Der benachbarte Bauer Jörns hat sich immer gerne über den Gestank beschwert, wenn wir die Rindersteaks mit Thymian und Rosmarin gegrillt haben. Wenn wir ihn dann aber einluden, hat er sich ganz schnell beruhigen lassen.
Nur mal gut, dass ich den Thymian, den Rosmarin und die Zwiebeln dann irgendwann auch eingefroren habe.

Mir reicht es schon lange, und ich habe mich ja von allen Medien verabschiedet, aber sie werfen die Nachrichten und Werbeeinblendungen in den Himmel mittlerweile. Selbst hier über der Insel ist es nachts nicht mehr richtig dunkel, obwohl hier kaum noch Leute leben. Die meisten sind als menschliche Ressourcen in die Metropolen gezogen, um ihren Dienst für die Gemeinschaft zu verrichten, so, als gäbe es diese noch.

Nun braten die Zwiebeln und die Lende. Ein lebendiger Duft und Wohlgefühl ziehen durch unsere gemeinsame Wohnstube, dabei ist das Schwein, dessen Lende ich nun brate, schon vor mehr als siebzehn Jahren verstorben. Nun ja, das mit dem „verstorben“ ist vornehm ausgedrückt. Das arme Schwein entstammte der damals üblichen Massenzucht, die in Deutschland ja nun verboten ist.

Ach Jakob, wir haben nichts geändert, mit unseren Unterschriften, Wahlkreuzen und Initiativen, und doch haben nun alle Angst vor virenverseuchtem Fleisch und ernähren sich aus kleinen Plastikbeuteln mit künstlich hergestellten Cremes. Nun brate ich genüsslich die in Würfel geschnittene Lende des armen alten Schweins, werfe Zwiebeln, Thymian, Pfeffer und Rosmarin dazu und genieße den Duft.

Und ich will nicht so intensiv über das tote Tier nachdenken. Es ist ja schon so lange tot und hatte wirklich ein unwürdiges Leben. Ganz im Gegensatz zu uns. Wir hatten ein wunderbares Leben miteinander, und doch bin ich froh, dass du schon vorgegangen bist.
Die letzten Jahre waren schlimm, und wärst du jetzt hier an meiner Seite, würdest du dich nur unnötig aufregen. Ich hingegen genieße jetzt meinen letzten Tag in größter Gelassenheit.

Deine Kühltruhen, die du mir hinterlassen hast, erlauben mir jetzt, das zu tun, was alte Leute schon immer gern getan haben: Ich träume mit jeder aufgetauten und nun duftenden Zutat von früher. Und ja: Früher war es wirklich besser.

Ich nehme mir schnell einen Schluck Wein, bevor ich mit der Sauce anfange. Unseren Keller haben wir ja in weiser Voraussicht mit guten Tröpfchen bestückt, und ich war sparsam in den letzten Jahren. Jakob, der erste Schluck des Grauburgunders aus Frankreich, der geht auf dich.

Die beiden Zwiebeln, die ich für die Sauce zerhacke, bringen mich nicht zum Weinen, nein, sie machen mich glücklich. Es waren unsere ersten selbst angebauten Zwiebeln, die ich jetzt in Margarine anbrate. Es riecht nach Geborgenheit, und ich freu mich auf dich, Jakob.

Als die Brücke zum Festland zerbrach, warst du noch bei mir, und wir alle dachten, die Regierung würde schnell Bautruppen

schicken, die sie wiederaufbauen würden. Aber nach der Pandemie war kein Geld mehr in den öffentlichen Kassen, und es kam auch keines mehr rein.
Nach einigen Monaten wurde sogar der eingeführte Versorgungsverkehr mit den Barkassen wieder eingestellt. Das hast du damals nicht fassen können und dich so sehr aufgeregt, dass dein Herz einfach ausgesetzt hat. Und nun liegst du hinten auf der Wiese, unter dem Birnbaum, den du so sehr geliebt hast.

So, nun gebe ich einige Löffel Curry in die geschmolzene Margarine, die Reste von Chili-, Soja- und Worcestersauce kommen auch noch hinein in den Topf. Stell Dir vor, Jakob, die süße Sahne, die ich nun hineinrinnen lasse, ist tatsächlich frisch. Der Sohn vom alten Bauern Jörns hat doch tatsächlich noch Milchkühe, die sich sogar fortpflanzen auf seinem wilden Acker.
Aus einer uralten Dose fische ich vier Scheiben Ananas, die ich in die Sauce gebe, und die übrigen Scheiben werde ich für Greta aufheben, die mich sicher morgen oder übermorgen finden wird. Sie werden ihr den Schrecken hoffentlich versüßen. Überhaupt werde ich ihr auch den Rest vom Gulasch und die Orangenmarmelade hinterlassen, denn die muss ich jetzt öffnen, um ein bis zwei Löffel in die Sauce zu geben.

Ach Greta, die gute Seele, ich werde ihr sicher fehlen. Sie war die Letzte, die hier vor über zehn Jahren auf die Insel kam. Sie war die Frau eines Schiffers, der mit zu viel Weinbrand im Blut von Bord gekippt ist, nachdem man die Fischerei verboten hat. Ach herrje, den Weinbrand hätte ich fast vergessen. Da muss noch ein gutes Gläschen in die Sauce. Die restliche Flasche werde ich dem Sohn vom alten Jörns hinterlassen, denn Greta ist seit ihrer Witwenschaft ja strikte Abstinenzlerin.

Eigentlich hatten wir es in den letzten Jahren ganz gut hier auf unserer kleinen Insel. Irgendwie hat die Welt uns total vergessen. Mit den alten Generatoren haben wir hier jeder zwei Stunden Strom am Tag, und das reicht dicke. Vielleicht hatten wir es hier ein bisschen beschwerlicher als all die anderen, die in den Metropolen leben. Aber haben die ein Leben? Sie leben in kleinen überwachten Schachteln und schuften bis zum Umfallen.

Ich bin glücklich und dankbar, dass ich hier in der Abgeschiedenheit leben durfte. Wir Vergessenen haben uns unterstützt und uns gegenseitig geholfen. Deshalb ist Greta ja auch in unser kleines Gartenhäuschen gezogen. In den Jahren ohne dich war sie mir eine liebe Stütze und ich ihr sicherlich auch.

So, nun kommt noch das Herzstück in den Gulasch: die kleingeschnittenen Ingwerpflaumen und die gebratenen Fleischstücke. Du hast dieses Essen genauso geliebt wie ich, lieber, lieber Jakob.

Während das nun alles vor sich hin blubbert und unsere kleine Küche mit allen Gerüchen des Lebens erfüllt, will ich schnell den Tisch richten. Ich habe mir den alten und klapprigen Campingtisch vom Speicher geholt. Es ist das quietschgelbe Plastiktischchen, das du in Italien für mich gekauft hast. Es war sündhaft teuer, und ich habe es extra für das bevorstehende Mahl auf Hochglanz poliert. Ich räume es jetzt raus in den Garten zum Birnbaum, zu dir. Dort will ich mich dann mit dem Schweinegulasch, der nach Ingwerpflaumen duftet, bei dir niederlassen zu meinem letzten Mahl, bevor ich wieder bei dir bin. Ich werde ein bisschen mit dir plaudern, und wenn ich plötzlich hören werde, dass du antwortest, dann weiß ich, dass wir wieder beieinander sind.

Die Spritze der Freiheit habe ich damals in meinem Grabeskittel versteckt, den sie mir in der Klinik angezogen hatten. Wie alles andere, so habe ich auch die Spritze tiefgefroren und heute wieder aufgetaut. Ich hoffe, sie wirkt noch.

Fehmarn, Oktober 2030

Elke Rathsfeld

Nur Zuversicht:

# Es kommen wieder bessere Zeiten!

Wenn in Corona-Zeiten
unsre Seele bittre Tränen weint,
wenn die Sonne nicht mehr scheint,
auch, wenn sie scheint.
Wenn wir Schritte, wie mit Blei beschwert empfinden,
meinen, wir müssten Tausender-Gipfel überwinden –
sogar das herzhafte Lachen ist abhanden gekommen,
unsre Sichtweise ist nicht mehr rosig, bunt,
sehen alles grau in grau verschwommen,
glauben, die Weltkugel hat eine Unwucht,
dreht sich nicht mehr rund.
Wenn wir gar enge Nähe zur Familie meiden müssen,
dürfen Kinder, Enkel nicht drücken, knuddeln, küssen,
dann wird doch ganz heftig an unseren Herzen gerissen.

Nicht selten wird so manche Freundschaft, Beziehung zerschlissen.
Spätestens jetzt sollten wir handeln:
Versuchen wir, die Misere wieder in Glück zu verwandeln!
Alle Ängste, die eine klare Sicht verstellen,
sollten wir schnell durch kleine Freuden,
Extragenüsse – ehrliches Miteinander,
gelebte Hilfsbereitschaft – austauschen.
Sehr wirksam – auch mit einer reichlichen Dosis Lieblingsmusik
unsre Stimmung wieder aufhellen.

Auch einmal innehalten, um in uns hineinzusehen –
gern oft hinaus in die Natur zu gehen,
Augen auf,um uns an ihren herrlichen, unzähligen Wundern zu berauschen.
Um so unser tiefstes Inneres mit Glücksgefühlen zu füttern.
Besonders erwärmt unser Herz:
Tun wir nur frohen Mutes
immer wieder etwas Gutes,
so kann uns doch kaum etwas erschüttern.

Seien wir auch stets dankbar und demütig –
unser Herrgott wird uns gütig seine Gnade, seinen Schutz gewähren,
uns immer wieder aufrichten und unser Leben wieder mit bessren Zeiten verschönern,
uns erneut lehren:
Nicht gleich zu klagen, gar zu verzagen,
sondern uns auch mit dem jetzigen Zustand des Ungemach auszusöhnen.

Ingrid Witt

# Gedanken

Wir denken, wir fühlen,
sitzen zwischen den Stühlen.
Wir grübeln, wir fragen,
an “unreifen“ Tagen.
Wir zweifeln, wir trauern,
hinter hohen Mauern.
Wir zaudern, wir zagen,
haben uns nichts zu sagen.
Wir bitten, wir danken,
im Leben oft schwanken.
Wir reden, wir streiten,
zu unsinnigen Zeiten.
Wir lachen, wir weinen,
im Kummer uns vereinen.
Wir scherzen, wir herzen,
wir beten, wir flehen:
Möge nichts Böses mehr geschehen.
Wir wünschen uns Freude und Glück –
schnell aus der Pandemie ins alte Leben zurück.
Wir wünschen auch Verständnis und Liebe
im unruhigen Weltengetriebe.
Wir sehnlichst erhoffen
weltweite Normalität,
ganz vorne steht:
Bitte auch Frieden,
für die herrliche Schöpfung hernieden.

Ingrid Witt

# Maskenpflicht auf der Arche?

Eine Phantasiegeschichte,
die hoffentlich so nie Wirklichkeit werden wird.

Von Burgtiefe aus konnte man die „Arche“ mit bloßem Auge winzig klein am Horizont erkennen. Wie ein schwimmendes, auf die Seite gelegtes Hochhaus sah das aus, nachts mit Beleuchtung. Wer ein starkes Fernglas benutzte, stellte fest, dass es sich um ein riesiges Kreuzfahrtschiff der „Arosa“-Reederei handelte, das dort nun schon ein paar Wochen vor Anker lag. Statt der über 2000 Passagiere, für die der Luxusdampfer gebaut war, befanden sich allerdings – den Corona-Bestimmungen entsprechend – gerade einmal knapp 200 Menschen an Bord.

Die kleine Noah von der Insel Fehmarn, eine gläubige Christin, hilfsbereite Nachbarin und überaus friedfertige Zeitgenossin, hatte Anfang des Jahres 2020 eine mysteriöse Erscheinung gehabt, die ihrem Leben eine entscheidende Wende geben sollte: Umgeben von einem Lichterschein war nachts ein Engel an ihr Bett getreten. Er hatte ihr mitgeteilt, der Herrgott habe sich nun lange genug das Treiben auf der Erde angesehen mit Krieg und Mord, Habsucht, Raffgier und Betrug, Umweltfrevel, Egoismus, Neid und Missgunst.
Er wolle deshalb eine gefährliche Pandemie auf die Erde schicken, die die Menschen zum Nachdenken und Innehalten, vielleicht sogar zur inneren Umkehr und zu einem moralisch-sittlichen Neubeginn bewegen solle. Viele Kranke und Tote werde es dabei leider überall auf der Welt geben. Der Herr habe sie, die kleine Fehmaranerin Noah, wegen ihres vorbildlichen und gottgefälligen Lebenswandels ausersehen – wie seinerzeit den Zimmermann Noah mit seiner Arche vor Beginn der großen Sintflut. Sie solle eine Auswahl der unterschiedlichsten Menschen, also einen Querschnitt der Bevölkerung, auf einem großen Schiff in Sicherheit bringen. In ausreichender Entfernung zum Fest-

land sollten sie vor Ansteckung bewahrt werden, dadurch solle schlimmstenfalls der Fortbestand der Menschheit gesichert werden. So lange sollten sie vor der Küste Fehmarns auf dem Schiff verharren, bis ein Impfstoff gegen das Corona-Virus gefunden und die Menschheit – bis dahin hoffentlich geläutert – immun gegen die Krankheit sei.

Die kleine Noah tat, wie ihr geheißen. Sie charterte ein Kreuzfahrtschiff, von denen ohnehin genügend ungenutzt in den Häfen an der Leine herumlagen, und lud einen repräsentativen Querschnitt der Bevölkerung ein. Arm und Reich, Jung und Alt, vom Hartz-IV-Empfänger bis zum Millionär, Wissenschaftler, Handwerker, Arbeiter und Obdachlose drängten sich die Gangway hoch auf das Schiff. Und obwohl Kabinen im Überfluss zur Verfügung standen, ging sofort der Ansturm auf die am günstigsten gelegenen Außenkabinen mit Blick aufs Wasser los, es wurde geknufft und gepufft, gekeift und gezetert. Ebenfalls tumultartige Szenen spielten sich ab, als über den Bordlautsprecher bekannt gegeben wurde, ein Büfett werde es während des gesamten Aufenthalts an Bord aus hygienischen Gründen nicht geben, das Essen werde in den Kabinen serviert.
„Aber eine Maske brauchen wir hier doch wohl nicht aufzusetzen?“, fragte eine vornehme Dame schnippisch. „Wir sind ja schließlich was Besonderes und quasi in Quarantäne.“ „Halten sie erstmal den vorgeschriebenen Abstand von 2,50 Metern ein!“, fiel ihr ein älterer Mann ins Wort. Ein Krämer hatte inzwischen ein Köfferchen ausgepackt und pries Desinfektionsmittel und Mund-und-Nase-Masken zum Kauf an, angeblich alles Sonderangebote, in Wirklichkeit aber zu völlig überhöhten Preisen.
„Wenn der Impfstoff auf dem Markt ist, möchte ich schon mal 1000 Ampullen für meine Familie und meine Mitarbeiter reservieren, koste es, was es wolle!“, rief der Millionär. „Sowieso alles Schwindel“, hob ein Corona-Leugner an zu lamentieren. „Das Virus ist eine pure Erfindung des Staates, der uns alle gefügig machen und die Grundrechte außer Kraft setzen will!“

Der liebe Gott sah sich das Treiben eine Weile von oben an und meinte dann zu Petrus: „Ich glaube, das wird nichts da unten! Mach schon mal alles klar für die Operation 'Sodom und Gomorrha'. Sie startet auf das Kennwort 'Titanic'. Ach so, und vergiss nicht, der kleinen Noah rechtzeitig ein Rettungsboot zu schicken!“

Michael Kirchner

# Die Autoren und Autorinnen

**Fehmarn hat zu**

Kurzgeschichten, Krimis, Slam, Gedichte,
Satire und Fiktion
von der "abgeriegelten" Insel Fehmarn

**Bader Abu Saymeh**
Geb. 1992, ich bin Hobby-Philosoph. Ich träume von einer Welt, in der jeder die gleichen Chancen hat und man nicht betrogen wird. Und darüber schreibe ich.

**Polina Abu Saymeh**
Geb. 1967 in Petersburg, Musikerin und Künstlerin mit eigenem Tanzstudio in Oldenburg.
Ich habe schon immer viel Wert auf eigene Texte gelegt, auch bei meinen Theaterstücken und Liedern. In Deutsch zu schreiben ist eine sehr willkommene und tolle Herausforderung

**Elke Andresen**
Geb. 1950, pensionierte Lehrerin und Autorin. Meine Hobbys sind: Sport, Lesen, Schreiben, Reisen.

**Dr. Stephan von Brandis**
Geb. 1966, Apotheker. Seit 2017 bin ich auf Fehmarn angekommen. In meiner Freizeit bin ich vor allem mit der Querflöte im Reich der Musik unterwegs. Außerdem bin ich auch eine leidenschaftliche (Vor-)Leseratte und zu allen Jahreszeiten gerne draußen in der Natur unterwegs.

**Barbara Brock**
Geb. 1940 in Alfeld an der Leine und bin mit meinem Mann 1965 nach Fehmarn gekommen. Ich habe 25 Jahre an der Realschule unterrichtet und 2010 mit der Geburt des ersten Enkels angefangen, Märchen zu schreiben. Ein Buch mit Segelanekdoten und zwei weitere Kinderbücher folgten.

**Franco Confetti**
gibt es seit 1991, Zauberclown und Feuerspucker aus Hamm, Zusammenarbeit mit Clownin Violetta und Ostseeclown Michello. Zuletzt mit Polina im Familienprogramm mit Feuershow, sowie im Theaterstück "Russische Weihnachten" zu erleben.

**Claudia Czellnik**
Geb. 1962 in Höxter. Ich lebe seit 1976 auf Fehmarn und bin seit meiner Jugend kreativ tätig. 1985 habe ich mich mit einer Medienagentur selbstständig gemacht und u.a. 2009 "Das große Buch über Fehmarn" und 2017 das Nachfolgebuch "Unterwegs auf Fehmarn" verfasst.

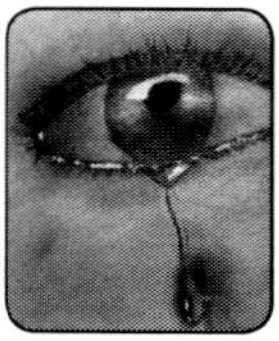

**Amrei Fock**
Geb. 2009, Schülerin. Ich schreibe und zeichne schon mein Leben lang sehr gern, dieses Bild ist auch von mir gezeichnet.

**Gesine Hansen**

Geb. 1953 auf Fehmarn und seit zwei Jahren genieße ich mit meinem Mann das Leben als Rentnerin. Täglich bin ich mit dem Fahrrad unterwegs und kenne alle Wege auf der Insel. Ehrenamtlich arbeite ich für die Kirche, bin im Gemeinderat, helfe beim Konfirmandenunterricht und bin Lesepatin in der Grundschule. Seit 2020 lese ich die Kinderbibel vor und meine Geschichten sind auf Facebook und youtube zu hören.

**Michael Kirchner**

Geb. 1948 in Lübeck. Seit 1978 lebe und arbeite ich auf Fehmarn und war rund 35 Jahre als Journalist bei verschiedenen lokalen Zeitungen tätig. Heute im Ruhestand bin ich freier Autor, Fotograf und Freizeitmusiker.

**Wencke Köneking**

Geb. 1979, hauptberuflich bin ich angehende Psychotherapeutin für Kinder und Jugendliche und nebenberuflich Bäuerin. Ich habe das große Glück, mit meinem Mann und meinen zwei wunderbaren Kindern auf einem fehmaraner Bauernhof zu leben, wo ich auch meine Tierliebe ausleben kann.

**Eckhard Kretschmer**

Geb. 1967, Organist, Tierrechtler, Einzelhändler, Autor. Als geborener Frankfurter hat es mich 2016 nach Fehmarn verschlagen. Ich lebe in einem kleinen blauen Haus im Inselwesten, lausche dem Wind, spiele die Orgeln der Insel, bin aktiv im Tierschutz und schreibe Bücher.

**Helmut H. Krüger**

Geb. 1938 in Neustettin. Ich kam 1963 beruflich nach Fehmarn und seit ungefähr fünfzig Jahren werden meine Gedichte im „Fehmarnschen Tageblatt“ veröffentlicht. Inzwischen sind auch einige Gedichtbänder entstanden. Darüber hinaus schreibe ich Kurzgeschichten und Erlebnisberichte.

**Beate Neubauer**

Geb. 1944, Buchhalterin und später zur Malerin ausgebildet und seit 1996 als freie Malerin lebend. Ich hatte 2015 auf Fehmarn eine neue und schöne Heimat für mich gefunden, bis zu meinem Wegzug Ende März 2020.

**Matthias Offner**

Geb. 1955 geboren, Ingenieur und Drechsler.
Ich lebe auf der schönen Insel Fehmarn und mein Interesse gilt dem kulturellen Leben insbesondere in Ostholstein. In meiner kleinen Werkstatt drechsele ich, baue und spiele Didgeridoos und schreibe kleine Texte.

**Frank Pleiser**
Geb. 1967, ambulanter Altenpfleger, Animateur, Ableser, Student der Sozialen Arbeit. Auf Fehmarn seit 1993.

**Dr. Elke Rathsfeld**
Geb. 1964, Psychologin. Ich bin in Frankfurt und Pisa aufgewachsen, habe gelebt in Bielefeld, bin angekommen auf Fehmarn vor sechs Jahren. Als Wirtschaftspsychologin bereise ich die Republik, als Mensch genieße ich die Ruhe und Natur der Insel. Und ich denke mir gern Geschichten aus.

**Marina Reif**
Geb. 1964 in Oberfranken. Ich habe einen Artikel für dieses Buch aus der Sicht einer Touristin geschrieben. Mehr Infos zu mir auf Seite 122.

**Gaby Reimers**
Geb. 1942 in Gelsenkirchen und seit 1946 auf Fehmarn. Seit 55 Jahren bin ich mit einem Insulaner verheiratet, habe zwei Kinder und drei Enkelkinder. Ich liebe Ballettaufführungen, Konzerte, Gemäldeausstellungen und gute Bücher. Meinem Garten und dem täglichen Strandgang widme ich viel Zeit und hin und wieder dem Schreiben.

**Corina Schultz**
Geb. 1969 auf Fehmarn. Ich arbeite als Einkäuferin in einem Modehaus und liebe den Sommer, die Sonne, den Strand und das Meer.

**Merle Schürmann**
Geb. 2006, Schülerin. In meiner Freizeit unternehme ich gerne sehr viel mit meinen Freunden oder meiner Familie. Ich tanze seit fast fünf Jahren und gehe auf die Inselschule. Seit 2013 wohne ich auf der Insel Fehmarn.

**St. Katharinen Chor Großenbrode**
Gegründet 2017 von Marina Wolf. Aktuell von Polina Abu Saymeh geleitet. Das Gedicht entstand als gegenseitige moralische Unterstützung während des ersten Corona Lockdowns.

**Marisa Störtenbecker**
Geb. 2005, Schülerin. Ich wohne mit meinen Eltern und meinem Hund auf einem Ferienhof auf Fehmarn. Ich tanze und fotografiere gerne und das Schreiben von ganz unterschiedlichen Textarten macht mir viel Spaß.

**Ingrid Witt**
Geb. 1945, ich lebe seit 1963 auf der Insel Fehmarn und bin seit über 50 Jahren mit einem Landwirt verheiratet. Seit meiner Kindheit hatte ich immer Freude am Malen von Öl- und Aquarellbildern sowie beim Singen in Chören. Aufgrund eines schweren Schlaganfalls kann ich diese schönen Hobbys nicht mehr ausüben und lebe meine Kreativität nun beim Schmieden von Versen aus.

Illustration Titel

**Matze Latze**

Geb. 1981 in Schwerin. Ich bin auf Fehmarn aufgewachsen und studierte bis 2016 Kunst- und Literatur in Kiel. Heute lebe und arbeite ich als Illustrator sowie als Kunstpädagoge an Schulen und Museen in Bremen und Kiel.

Korrektorat

**Marina Reif**

Geb. 1964 in Oberfranken. Ich bin Diplom-Germanistin und lebe in der Weltkulturerbestadt Bamberg. Lange Jahre habe ich als Fachzeitschriftenredakteurin gearbeitet. Mittlerweile bin ich freiberuflich tätig und habe unter anderem an dem Buch "Unterwegs auf Fehmarn" im Team von Claudia Czellnik mitgearbeitet.

MAC